共和国故事

再举利剑

——全国掀起新一轮反腐败斗争高潮

李 琼 编写

吉林出版集团股份有限公司

图书在版编目（CIP）数据

再举利剑：全国掀起新一轮反腐败斗争高潮/李琼编．——长春：吉林出版集团股份有限公司，2009.12

（共和国故事）

ISBN 978-7-5463-1820-2

Ⅰ．①再… Ⅱ．①李… Ⅲ．①纪实文学－中国－当代 Ⅳ．①I25

中国版本图书馆CIP数据核字（2009）第236730号

再举利剑——全国掀起新一轮反腐败斗争高潮
ZAI JU LIJIAN　　QUANGUO XIANQI XIN YI LUN FANFUBAI DOUZHENG GAOCHAO

编写　李琼	
责任编辑　祖航　息望　林琳	
出版发行　吉林出版集团股份有限公司	
印刷　三河市嵩川印刷有限公司	
版次　2010年1月第1版	2022年1月第8次印刷
开本　710mm×1000mm　1/16	印张　8　字数　69千
书号　ISBN 978-7-5463-1820-2	定价　29.80元
社址　吉林省长春市福祉大路5788号	
电话　0431－81629968	
电子邮箱　tuzi8818@126.com	
版权所有　翻印必究	
如有印装质量问题，请寄本社退换	

前　言

自 1949 年 10 月 1 日中华人民共和国成立至今，新中国已走过了 60 年的风雨历程。历史是一面镜子，我们可以从多视角、多侧面对其进行解读。然而有一点是可以肯定的，那就是，半个多世纪以来，在中国共产党的领导下，中国的政治、经济、军事、外交、文化、教育、科技、社会、民生等领域，都发生了深刻的变化，中国人民站起来了，中华民族已屹立于世界民族之林。

60 年是短暂的，但这 60 年带给中国的却是极不平凡的。60 年的神州大地经历了沧桑巨变。从开国大典到 60 年国庆盛典，从经济战线上的三大战役到经济总量居世界第三位，从对农业、手工业、资本主义工商业的三大改造到社会主义市场经济体制的基本确立，从宜将剩勇追穷寇到建立了强大的国防军，从废除一切不平等条约到独立自主的和平外交政策，从"双百"方针到体制改革后的文化事业欣欣向荣，从扫除文盲到实施科教兴国战略建设新型国家，从翻身解放到实现小康社会，凡此种种，中国人民在每个领域无不留下发展的足迹，写就不朽的诗篇。

60 年的时间在历史的长河中可谓沧海一粟。其间究竟发生了些什么，怎样发生的，过程怎样，结果如何，却非人人都清楚知道的。对此，亲身经历者或可鲜活如昨，但对后来者来说却可能只是一个概念,对某段历史的记忆影像或不存在,或是模糊的。基于此,为了让年轻人,特别是青少年永远铭记共和国这段不朽的历史,我们推出了这套《共和国故事》。

《共和国故事》虽为故事,但却与戏说无关,我们不过是想借助通俗、富于感染力的文字记录这段历史。在丛书的谋篇布局上,我们尽量选取各个时代具有代表性或深具普遍意义的若干事件加以叙述,使其能反映共和国发展的全景和脉络。为了使题目的设置不至于因大而空,我们着眼于每一重大历史事件的缘起、过程、结局、时间、地点、人物等,抓住点滴和些许小事,力求通透。

历史是复杂的,事态的发展因素也是多方面的。由于叙述者的视角、文化构成不同,对事件的认知或有不足,但这不会影响我们对整个历史事件的判断和思考,至于它能否清晰地表达出我们编辑这套书的本意,那只能交给读者去评判了。

这套丛书可谓是一部书写红色记忆的读物,它对于了解共和国的历史、中国共产党的英明领导和中国人民的伟大实践都是不可或缺的。同时,这套丛书又是一套普及性读物,既针对重点阅读人群,也适宜在全民中推广。相信它必将在我国开展的全民阅读活动中发挥大的作用,成为装备中小学图书馆、农家书屋、社区书屋、机关及企事业单位职工图书室、连队图书室等的重点选择对象。

编　者

2010 年 1 月

目录

一、中央反腐

中央决定坚决惩治腐败/002
两院发布通告限期自首/005
宽大处理投案自首人员/008
顽抗分子受到法律严惩/017
公安干警零点特殊行动/024
中央要求重视反腐工作/029
各地实施廉政建设措施/034

二、严查行业

严惩钢铁行业腐败分子/042
铁路系统腐败集团落网/049
查处烟草行业腐败行为/057
银行系统查处受贿案/063

三、法网恢恢

高官人生浮沉警示/074
贪官落网引出共犯/086
夫妻双双落入法网/102
昔日处长成为阶下囚/111
铁窗内忏悔启示录/115

一、中央反腐

- 江泽民说:"全国各族人民的眼睛盯着我们,看我们能不能拿出惩治腐败的实际行动来。"

- 检察院的同志认真地听完陈某的讲述以后,他们很和气地对陈某说:"现在你可以回家了。"

- 一个前来自首的乡办厂的厂长说:"报上登载的一些犯罪人员投案自首的消息对我触动很大。"

中央决定坚决惩治腐败

1989年6月下旬,正值火热的夏季,党的十三届四中全会在北京隆重召开。

新当选的中共中央总书记江泽民在大会上发表讲话,江泽民说:

全国各族人民的眼睛盯着我们,看我们能不能拿出惩治腐败的实际行动来。必须在近期办几件使党心民心为之振奋的事情。再经过一定时间的努力,制定防止和惩治腐败的制度,使党风有根本好转,恢复和加强党和群众的密切联系。

这次会议决定:

大力加强党的建设,大力加强民主和法治建设,坚决惩治腐败,切实做好几件人民群众普遍关心的事情,决不辜负人民对党的期望。

会议结束以后,以江泽民同志为核心的党中央在领导全党和全国人民进行经济建设的同时,把党风廉政建设和反腐败斗争作为关系党和国家生死存亡的大事来抓，实行了坚强有力的领导。

1989年7月27日，中共中央政治局全体会议在北京召开。

全会讨论并通过了《中共中央、国务院关于近期做几件群众关心的事的决定》和《中共中央关于加强宣传、思想工作的通知》。

会议认为：

> 党的十三届四中全会以来，全国形势进一步稳定，全会提出的四件大事正在抓紧落实。
>
> 当前，迫切需要做好几件人民群众普遍关心的事情。坚决惩治腐败，带头廉洁奉公、艰苦奋斗，就是人民群众普遍关心的事情……

在这次会议上，党中央、国务院把惩治腐败作为近期要做好的七件事情之一，党中央、国务院决定：

> 严肃认真地查处贪污、受贿、投机倒把等犯罪案件，特别要抓紧查处大案要案。必须坚持公民在法律面前一律平等的原则，凡依法该受惩罚的不管是谁，一律受惩罚。
>
> 当前，为了给犯有贪污、受贿、投机倒把行为的人一个悔过自新的机会，更有力地打击

严重经济犯罪活动,有必要规定统一的期限,在这个期限内坦白自首、积极退赃者,依法从轻、减轻或免于处罚;否则,依法从严惩处。

与此同时,党中央和国务院还指出:

建议由最高人民法院和最高人民检察院根据有关法律,发布具体司法解释。对办案过程中说情袒护、徇私包庇者,要公开揭露,严肃处理。

中央作出反腐决定以后,广大干部和群众都十分拥护。

广大群众对当时存在的腐败现象十分不满,他们正在期待着一场廉政风暴。如今,这场廉政风暴真的来到了,他们自然都为此感到欢欣鼓舞。许多人都十分高兴地说:"这一次,是动真格的了。"

有人在文章中充满激情地写道:

惩治腐败的利剑已经高悬,整肃贪官的大军正在行动……

两院发布通告限期自首

1989年8月15日19时,"新闻联播"节目播出这样一则消息:

最高人民法院、最高人民检察院发出关于贪污、受贿、投机倒把等犯罪分子必须在限期内自首坦白的通告……

最高人民法院、最高人民检察院在限期自首的通告中说:

为了给犯罪分子一个悔过自新的机会,根据1989年7月27日和28日举行的中共中央政治局全体会议的建议和有关法律规定,特作如下通告:

国家工作人员犯贪污罪、受贿罪、投机倒把罪的,企业事业单位、机关、团体犯投机倒把罪、受贿罪的直接负责的主管人员和其他直接责任人员,自本通告发布之日起,到1989年10月31日,必须向检察机关、公安机关、人民法院或者其他有关部门或本单位投案自首,坦白交代犯罪事实，争取从宽处理。

在上述期限内，凡投案自首、积极退赃的，或者有检举立功表现的，一律从宽处理。其中，犯罪特别严重、依法应判处死刑的，可以从轻或者减轻处罚，不判处死刑；犯罪较重、依法应判处重刑的，可以从轻，减轻处罚或者免除处罚……

凡在规定期限内，拒不投案自首、坦白交代问题的；销毁证据，转移赃款赃物的；互相串通、订立攻守同盟的；或畏罪潜逃、拒不投案的，坚决依法从严惩处……

这则通告规定了自首坦白的最后期限：从8月15日到10月31日，共78天。

这是中华人民共和国对腐败分子的"最后通牒"！

当时，腐败之风在社会上造成了极坏的影响，从党内发展到党外，从社会发展到党政机关，从地方发展到军队，从街头巷尾发展到宁静的校园。一些领导干部贪污受贿，贪赃枉法，明拿暗要，敲诈勒索，执法犯法，以权谋私，见利忘义，腐化堕落……

"两院通告"具有强大的法律震慑力量，它的出台，让许多贪污、腐败分子夜不能眠，他们惶惶不可终日，成天都处于焦虑不安之中。

8月19日，即在"两院通告"发布后的第四天，国家监察部发出《关于有贪污贿赂行为的国家行政机关工作人员必须在限期内主动交代问题的通告》,以下简称"通告"。

这项"通告"也规定了最后的期限,即1989年10月31日。

"两院一部"的"通告"发布以后,群众举报大量增加,掀起了腐败斗争的新高潮。

那些有过贪污腐败行为的不法分子置身在全国各地掀起的反腐浪潮中,犹如大海中的一片落叶找不到安身之处。他们心惊肉跳,寝食难安,许多犯罪分子经过激烈的思想斗争,决定投案自首……

宽大处理投案自首人员

1989年10月31日零时的钟声敲响了。许多腐败分子都在钟声敲响之前，来到检察机关投案自首。

全国有15个省、市、自治区的检察机关受理自首人数在千人以上。湖南、湖北、广东、四川、山东五省自首人数达2000人以上，湖南省自首人数居全国之冠。

11月10日，"两院一部"联合举行新闻发布会，公布对全国自首人数的最后统计：

全国共有3.6万名贪污、贿赂、投机倒把等犯罪分子到检察机关投案自首。全国各地人民法院在"通告"规定期限内，适用通告共判处了这类经济犯罪案8250件，判处案犯1.2万人。

全国共有1万多人到各级行政监察机关主动交代贪污、受贿等违法违纪行为。

上海市第一个自首者是浙江某单位驻沪办事处的陈某。

8月15日晚上，陈某从中央电视台"新闻联播"节目中看到"两院通告"后，就星夜赶到市检察院投案自首。但由于当晚市检察院"自首坦白接待站"的通宵值班尚未设立，他又在第二天上午再度赶到市检察院坦白交代了自己的罪行。17日上午，陈某坐出租车到市检察院交出赃款。

在一次替人买轿车的业务中,陈某将 6000 元钱非法所得塞进了个人的腰包。这笔不义之财,在他心中笼罩着一片阴影,他一直生活在痛苦与恐惧之中。

最高人民法院、最高人民检察院对腐败分子发出限期自首的通知以后,陈某陷入深深的矛盾之中。后来,他决定开一个家庭会议,和家人商量一下。

陈某的妻子知道情况以后,十分爽快地说:"要自首,现在就去。"

陈某认为妻子的话很有道理,但是,他到现在还不知道检察院的门朝哪边开,他心中产生了很多的忧虑。

此时,天色已晚,夜幕降临了。

10 岁的儿子自告奋勇:"去检察院的路,我熟。我带路。"

儿子的话让陈某的精神为之一振。他决定为了儿子,一定要悔过自新,做一个称职的好父亲。

两辆自行车,在夜幕中疾驰。陈某忐忑不安地走进检察院的大门。

半个小时以后,陈某从检察院出来了。陈某的眼神里还有一些忧虑,他只是来投了案,还没有退赃款。这天晚上检察院还没有通宵的接待任务,没想到他来得这么早,这么快。

陈某果断地对儿子说:"回家,赶快筹款退赃,听候政府处理。"

这一夜,陈某过得很不安宁。他思前想后,辗转难眠，不知政府会怎么处理他。

第二天，陈某在妻子陪同下四处筹款。他昨晚跟检察院约定了时间。他一直想着这个时间。对他来说，最后的期限似乎不是10月31日零时，而是这个约定了的时间。到时候，他必须跨进检察院的门。陈某认为这种事千万不能失约。

当陈某筹集到6000元钱的时候，他和检察院约定的时间快要到了。

陈某急忙坐上一辆出租车，急如星火地往检察院那儿奔，他焦灼的神情让司机也十分疑惑。

很快，陈某第二次来到检察院。他怀着激动的心情，把6000元钱交给检察院的同志，然后，他十分坦率地交代了自己受贿的事实。他还深挖思想根源，进行了一场自我批判……

检察院的同志认真地听完陈某的讲述以后，他们很和气地对陈某说："现在你可以回家了。"

陈某听到这句话，竟然愣了半晌。他有些怀疑地问："回家？真的可以回家了？"

检察院的同志点了点头，微笑着说："真的，你可以回家了。"

陈某喃喃地问："我没事儿了？"

检察院的同志很亲切地说："你没事儿了。"

陈某听到这句话，激动的泪水夺眶而去。他没有想到，两院发出"通告"之后，还不到24小时，他就成了上海第一个自首并被宽大处理的新闻人物。

8月16日下午,也就是"通告"发布还不到24小时的时候,时某出现在北京市丰台区人民检察院接待室的门前。

时某时年55岁,是个正处级干部,是北京市农建总公司下属的环美装饰公司的经理。

就在前一天的晚上,时某从电视台"新闻联播"节目中听到两院发出的"通告"以后,他就开始忐忑不安。

20时,家人都在看电视,时某却拧开了收音机,他要再听听那个"通告"。

这次,时某又听了一遍两院发出的通知。他听得更详细,更清楚了。听完以后,他再也沉不住气了。于是,他叫来全家人开了家庭会。

在家庭会上,时某讲述了自己曾经受贿3650元的行为。儿女们劝说他赶快投案自首。

时某的老伴说:"早坦白心里早痛快,退赃款的钱要是不够,咱们全家一起凑。"

在家人的鼓励下,时某连夜赶写了交代材料。第二天一大早,他又跑到储蓄所取出受贿款。下午,他便在老伴的陪同下,奔向检察院。

吉林省某县交通局局长周某是吉林省第一批自首者中间的一个。

"通告"发出的第二天,周某就悄无声息地走进县委书记的办公室。

作为县里的交通局局长，周某时常来这里汇报工作。往常来的时候，他都是笑嘻嘻的。但此时，他的神色十分沉重，脸上没有丝毫的笑容。

县委书记让周某坐下，然后十分亲切地问："哦，是交通局的周局长，有事吗？"

周某窘迫地站在那里。他犹豫片刻，终于开口说："我……"

县委书记看出周某欲言又止，就鼓励他说："有话就说嘛。"

周某终于鼓起勇气说："我是来投案自首的……"

县委书记愣住了。他怎么也不会想到，周某会在这种时候来凑这个"热闹"，而且来得这么早。再说，坦白自首应当去检察院和法院，或者去纪委、监察局。他这县委书记还从来没有接待过这样的自首者。

县委书记很快恢复了镇定，他十分和气地对周某说："坐下，慢慢谈。"

周某神情激动地讲述起他收受贿赂的事实。

那还是1987年，江苏来了一个工程队，在为交通局建宿舍楼期间，给周某个人建了一套108平方米的住宅。当然，这是不能白给的……

很快，周某自首的消息成为当地的一大新闻。交通局局长投案自首，成了人们街谈巷议的话题。

事实证明，周某有勇气走出这一步，使他掌握了主动。在吉林省贯彻"两院通告"、公开处理经济犯罪分子的大会上,周某被宣布免予起诉,当场释放。

周某听到这个消息,激动得面颊泛起红晕,他连声说道:"坦白自首这条路,我走对了,走对了……"

阎文章不但是河南省的第一个自首者,他还可能是全国的第一个自首者。他是在"两院"发布自首通告那一刻自首的。

当时,阎文章正被检察院传讯。在传讯室里,他虽然交代了自己干的一些罪恶勾当,但还是极力洗清自己。

这时候,"通告"的声音从广播里传来,办案人员停止讯问,叫阎文章和办案人员一起收听"通告"的广播。

听着听着,阎文章的"防线"崩溃了。

三天前,河南省西峡县检察院接到一封匿名举报信:

> 西峡县食品公司仓库卖给两个乡食品站的3700元猪油款收入不汇账,被仓库主任李某贪污。

当天下午,检察员就到食品公司查账。食品公司经理杨某得知情况,立即乘车找到仓库主任李某,将其拉回县城。随后,又叫上副经理阎文章一道商量对策。后来,他们制造了伪证。

就是在这种情况下,检察院传讯了阎文章。

听罢"通告"的广播,办案人员趁热打铁,立即给阎文章做思想工作:"老阎,'通告'的内容你可是听过了，如果你现在交代，我们还视你为投案自首，坚持按照通告从宽处理。"

阎文章皱眉搓手，沉默了整整一刻钟。终于，他坦白了他先后6次作案，贪污公款1.9万余元的罪行。

后来，阎文章因为主动坦白而被免予起诉，他的同伙则双双戴上了冰冷的手铐。

1989年7月27日，最高人民检察院贪污贿赂检察厅与上海市人民检察院、北京市人民检察院分院对中共中央宣传部宣传局常务副局长曹斌利用职权，为他人谋利，收受贿赂的事件进行立案侦查。

9月12日，北京市人民检察院对曹斌采取取保候审措施。经侦查查明：

1988年上半年，为配合宣传党的十三大确立的党在社会主义初级阶段的基本路线教育，中宣部宣传局和上海市委宣传部委托上海影视公司摄制宣传党的基本路线的9集电视系列剧《警醒后的奋起》。曹斌作为中宣部宣传局的常务副局长，组织了《警醒后的奋起》一片的审稿、审片和发行工作。在此期间，曹斌认识了上海影视公司副经理王达夫。王达夫从自身的经济效益考虑，除按上海影视公司规定的稿酬标准付给曹斌2700元外，还向曹斌个人行贿大量现金和物品。

1988年11月，王达夫为扩大《警醒后的奋起》的发行量，找曹斌商定由中宣部宣传局在上海召开全国18个省、市宣传部门负责人会议，宣传这部电视剧，扩大发行量。曹斌收受王达夫贿赂人民币 2000 元。

1988 年 12 月，王达夫要求曹斌帮助解决上海影视公司的录像制品发行权问题。音像制品发行权由广播电影电视部主管，曹斌为此事找该部一位领导。当得知这位领导在济南开会时，曹斌便陪王达夫去了济南市。曹斌在济南市收受王达夫贿赂人民币 3000 元。

1989 年 3 月，在上海开往北京的火车上，曹斌收受了王达夫以搬家费名义送给他的贿赂人民币 5000 元。

此外，曹斌还曾经接受王达夫的微型录音机一台，金项链一条，手表一块。

上述款物，总计 1.28 万元。另外，曹斌托王达夫购买电冰箱、彩电、录像机各一台，少付款 4670 元。

曹斌在立案侦查期间，在"两院通告"的震慑下，基本坦白交代了自己的犯罪事实，认罪态度尚好。

曹斌受贿案，最高人民检察院于 1989 年 12 月侦查终结。根据《中华人民共和国人民检察院组织法》和《中华人民共和国刑事诉讼法》的有关规定，最高人民检察院决定将曹斌受贿案移交北京市人民检察院分院。

1990 年 2 月 3 日，北京市人民检察院分院向北京市中级人民法院提起公诉。

北京市中级人民法院对曹斌受贿案公开审理后，于 1990 年 11 月 28 日判决如下：

曹斌犯受贿罪，判处有期徒刑一年，缓刑

两年；赃款赃物予以没收。

在限期自首期间，那些主动自首的人员都受到了政府的宽大处理，一个前来自首的乡办厂的厂长说：

我是乡办厂的厂长。自去年8月到今年1月，在经营过程中，利用职务之便，收取本市一个县五金厂和浙江一个金属冶炼厂的贿赂共1.9万元……

"两院通告"发布以后，我成天坐立不安，像热锅上的蚂蚁。我每天认真阅读报刊，收看收听电视和广播。报上登载的一些犯罪人员投案自首的消息对我触动很大。

我明白只有抓紧时机投案自首，才是唯一的出路。这两天在朋友之间到处借钱，因为受贿的钱已经花得差不多了。最后总算凑齐了应该退还的赃款。

我来了半天了，可是这个门怎么也不敢进。我曾经担心政策能不能兑现，像我这样受贿数额那么大的人能不能被宽大处理，多亏门卫同志给了我勇气。我把犯罪经过和自己的忧虑和盘托出。

接待人员欢迎我的坦白自首，并申明了坦白从宽的政策，对我进行了宽大处理。

顽抗分子受到法律严惩

"两院通告"发出以后,一个有受贿行为的副县长心怀侥幸,没有投案自首。后来,他受到了法律的严惩。

这个副县长被捕以后,他充满悔恨地说:"我从过去的副县长,沦为今日的囚犯,这对我本人来说,是一个历史性的大悲剧,对领导和同事们来说,也是一个很大的震惊。自从接受市检察院审查以来,我一直处于极度痛苦的反省之中。"

他在县里的干部大会上,声泪俱下。他说:"'两院通告'颁布以后,我仍然瞻前顾后,不敢自首。心想'通告'是个宽大信号,但即使从宽处理,也要受到党纪政纪处分,面子过不去,位子保不住。如果不讲,或许既保了位子,又保住了面子,致使自己在错误的道路上越走越远……"

当这个副县长分到公房后,听说南通有比较时兴的家具,便去购买。对方愿以优惠价出售,但向他提出批点钢材的要求。他在得了人家的好处后,便以恩报恩地答应了。结果2100元的家具,他只付了300元。从此被对方拉住了绳头,也打开了思想缺口。

半年后,对方单位的供销员又为他购买了一台平价彩电。他很感激,当即说:"你今后有啥困难,只要我办得到，一定为你尽力办到。"

两个月后，这位供销员就向他提出要几十台冰箱。他利用工作之便，批了 30 台，得到了 3000 元的好处费。

后来，他又批给对方 30 台冰箱，又得到了 1320 元的好处费。

不久，南通方面"出事"了。

他私自带了两位同志去南通"私了"，退还了部分赃款。当对方只收 3000 元，而对 1320 元的好处费拒绝接受时，他心里着了慌，因为这 1320 元很可能成为案发的导火索。因此，他不得不向县委作了避重就轻、掩盖受贿事实的汇报，以表示自己的清白。

后来，市检察院和分院领导对他进行了耐心帮助，指出坦白交代才是唯一出路。

当天晚上，这个副县长失眠了。他后来回忆说：

> 这一夜，真可谓长夜难眠啊！整整 10 多个小时，我未曾合过眼，我想得很多很多。我曾想过，咬紧牙关，坚持到底，死不认账；也曾想过，反正已经身败名裂，难以见人了，不如一死了之；但想得更多的是"两院通告"，我怎么也控制不住内心的极度悲伤、苦痛，蒙在被子里痛哭，正是在这反省之中，逐渐清醒了起来……

这个副县长充满悔恨地说:"一失足成千古恨。尽管我已经犯了罪,而且已经是一个悔之已晚的人了,但我希望我今天的悔罪和发自内心的声音,能唤起其他失足者的自悔心理。千万不要像我这样,因为抱有种种幻想而一而再、再而三地错失良机,最终酿成悲惨的结局。"

尽管"通告"发出对自首者宽大的信号,尽管一把法律之剑悬在头顶,但一些犯罪分子仍然执迷不悟,不肯作出正确的抉择。这是他们最后的顽抗。

1989年8月28日,"通告"发布后的第十四天,新华社发出一则电讯:

安徽省机械工业厅副厅长兼党组副书记刘玉山,在"通告"的感召下,于8月25日主动携带4.76万元赃款到安徽省监察厅投案自首。

这则消息立即引起人们的关注。因为自"通告"发布以后,刘玉山是各地投案自首者中职位最高的一个。

人们猜测,他将会因为主动认罪而被免予起诉。

但是,事情突然又出现了变化。

40天后,报纸上又连续刊登两条消息:

10月8日,刘玉山被检察机关依法逮捕;

10月28日,合肥市中级人民法院开庭宣判,判处刘玉山有期徒刑4年。

读到这两条消息的人都深感震惊。刘玉山这样一个在限期内主动投案自首的人,为何没能得到宽恕,反而身陷囹圄?

事情的缘由是这样的:一个多月前,芜湖市检察院经济犯罪举报中心接待了某厂一位职工。举报者反映,省机械厅副厅长刘玉山曾在该厂报销了一张购物发票。理由是他接待机电部来人花了一笔钱,厅里不好开支,因此拿到厂里来报销。这张发票填写的物品是"联砚、宣纸、笔墨"等,共计 890 元。

芜湖市检察机关查证的结果是:

情况属实,发票有假,刘玉山有贪污嫌疑!

刘玉山属省管干部,芜湖市检察院遂依规定将材料移送安徽省检察院。

安徽省检察院对这份材料十分重视,立即会同监察厅深入调查。

几乎与此同时,又有人举报:

刘玉山不久前在庐江县某厂也报销了一张类似的发票。

得知这 线索,调查人员火速奔赴庐江调查。情况也很快查清：刘玉山不久前出差路过某厂时，让该厂厂长报销了一张1980元的发票。发票上的内容除了"文房四宝"，还有雀巢咖啡等。

据经办人员说，刘玉山报销发票的理由又是到机电部办事，想买些"文房四宝"之类物品送给部里人，因这些费用厅里不好开支，所以请有关厂家"分担"一下。

两张假发票，如出一辙。

调查人员分析，刘玉山报销的假发票绝不止这两张。看来，这是个值得深挖的"大老虎"！联合调查组决定，此案由合肥市检察院侦办。

嗅觉灵敏的刘玉山，觉察到有人在调查他的问题，于是，开始加紧隐匿罪证活动。

8月18日，刘玉山特意打电话让庐江那位厂长来合肥。在他家中，刘玉山拿出事先准备好的1980元，交给厂长，同时让厂长写下一张收据，还要求厂长回去后立即把那张假发票退还给他。

可是，这个厂长返回庐江后，一直没有退还发票。尽管刘玉山多次打电话催促，对方仍未将发票退来。

8月24日，急不可待的刘玉山派人乘出租车赶到庐江，要求"务必取回那张发票"。然而，连夜返回的人给他带来的不是发票，而是一个令他彻夜难眠的消息：那张发票已被省检察、监察机关的调查人员取走！

刘玉山已无路可退。

8月25日上午，就在合肥市检察院即将对他采取强硬措施之际，刘玉山携带8张共计4.76万元的存款单，匆匆来到省监察厅自首。

在知罪认罪的路上，刘玉山终于走出了值得肯定的一步。然而，这一步走得实在有些勉强。像许多违法犯罪者一样，刘玉山怀着侥幸的心理投案。他天真地以为：只要自己投案自首，检察机关便会停止对他的调查，丢了"卒"可以保住"车"，可以保住"帅"。

就在刘玉山投案的当天，检察机关到他家依法搜查，当场又搜出美元3315元，港币450元，各种金融债券和存款9500元，部分金首饰以及4张未使用的假发票。

暂时被隔离的刘玉山得知家中被搜查，装作大惑不解的样子，他问检察长："我投案自首了，为什么还要搜查？"

8月27日，检察机关对"取保候审"的刘玉山第一次传讯。

刘玉山交代：他的贪污手段，主要是填写假发票让下属厂家报销。假发票有两种，一种是他出差住在北京友谊宾馆时，从宾馆售货柜台上拿走的"销货凭证"，但凭证上注明："不作报销凭证"。另一种是他妻子一次在菜场拾到的一本"合肥舒尔曼商场发票"，该商场已于1989年3月4日登报声明作废。

一年多来，刘玉山交替使用这两种发票，先后在机械厅下属36个厂家报销了36张，款额达3万多元。

刘玉山的交代是否完全真实可信？要彻底弄清刘

山的犯罪事实，需要更多的证据。于是，一个由检察长亲自组织指挥的全面调查活动迅速展开。全院抽调了20多名干警，分成合肥、沿江、安庆、蚌埠、皖南5个组，立即奔赴各地。安徽省机械厅党组也与检察机关积极配合，不仅抽调专门人员和车辆协助办案，还事先通知各下属单位要主动向检察机关提供情况。

三个星期后，各路人马全部返回合肥。调查掌握的事实，大大超过刘玉山交代的范围：

从1988年初到1989年7月案发，刘玉山先后在全省的55个厂家、单位报销了76张假发票，总额高达7.5万元。

刘玉山贪污的手段也相当恶劣。他在机械厅掌握着下属企业上新项目、搞计划、要原材料等批准权，在向企业报销假发票时，常常是先让企业尝到一些"甜头"。

某厂急需一些电解铜，特派厂供销科长来找刘玉山。刘玉山大笔一挥，当即为该厂批了一批电解铜。批完之后，他就拿出一张1536元的假发票让该厂报销。这实际上是在搞权与钱的交易。

此外，有个厂子先后为刘玉山报销了5张发票，数额达6050元……

根据法律规定，刘玉山的问题显然已不属于可以免予起诉之列。

1989年10月8日，合肥市检察院决定正式逮捕刘玉山。刘玉山被判处有期徒刑4年。

公安干警零点特殊行动

1989年10月5日深夜，7级北风裹着寒流，袭击着大连市。大连人早已进入甜蜜的梦乡。

检察和公安干警没有睡。虽是深夜，大连市检察院和市公安局办公大楼却灯火通明。市委、市政府、市纪委等有关部门的领导聚集这里，正在运筹着一场特殊的战斗。他们向各县、区检察院和公安局，发出一道道指令。

大连市要对那些心存侥幸，执迷不悟，蔑视法律威严的经济犯罪分子，实施法律制裁。

10月31日23时，指挥部发出指令：各就各位，准备出发。

市检察院检察长张本金来到队列前，作了简短有力的战前动员：

我们决不给经济犯罪分子以喘息机会，一定要把零点行动这个战斗打好！

公安领导一声令下，数百名全副武装的法警和公安干警迅速跃上警车。警车像一支支离弦的箭，向市区各个预定目标出击。

甘井子区检察院的一辆警车在疾驰。他们的出击目标在市区中心点20公里以外，收审对象是中国建设银行甘井子支行办公室主任周某。周某挪用数十万元公款，他却一直抱着侥幸心理，拒不投案，到零时还没有认罪迹象。

接近目标时，一个人突然从路边的村旁跑向路中，挡住了警车。原来，这是一个身着便衣的干警。从傍晚开始，他一直奉命在周某住处旁负责"蹲坑"。

此时，这个便衣警察冻得上下牙直打架，但他依旧十分清楚地报告："目标没动，一直在家。"

公安干警在夜色中迅速包围目标。

零时10分，周某被从床上叫起。冰冷的手铐"咔嚓"一声戴在他的手腕上。

与此同时，另一辆警车驶抵大连经济技术开发区华兴物资供销站总经理崔某的房门前，干警们迅速敲开了房门。

崔某是一个61岁的离休干部，在受聘于供销站期间，利用手中的权力贪污受贿数万元。"通告"发布后，干警曾多次向他宣传政策，动员其坦白，但他拒不坦白。

此时，公安干警威严地对崔某说："你被收审了！"

就在此时，一辆警车前往执行逮捕大连某印刷厂业务员杨某的任务。

杨某在大连第二印刷厂工作期间，于1986年至1987年利用职务之便大肆贪污。区检察院已经掌握了他的罪证,反复向其宣讲"通告"的精神,但他执迷不悟,坐失自首良机。

现在,出现在杨某面前的已不是热情和蔼的自首接待人员,而是全副武装的威严干警。

与此同时,大连市各区县的干警都奔向了预定的目标,将一个个拒不自首、顽抗到底的经济犯罪分子抓获。

2时,"零点行动"胜利结束。

总指挥部透露,在两个小时内,全市共抓获经济犯罪分子68人,等待这些罪犯的将是法律的制裁。

1989年11月10日,在"通告"规定的期限结束10天之后,最高人民法院、最高人民检察院、监察部在北京联合举办新闻发布会。

发布会公布了刚刚统计上来的数字:全国共有5万多犯罪分子投案自首。

这么多的经济犯罪分子在短时间内投案自首,这在共和国的历史上是不多见的,甚至可以说是从未有过的。但是,实际隐藏着的经济犯罪分子要比这个数字大得多。

最高人民检察院副检察长张思卿、监察部副部长徐青均表示:

> 从这次投案自首人员看,大多数是浮在面上、已经暴露的犯罪分子,那些隐藏较深的、尚未触动的犯罪分子主动投案的较少。这一段反腐败斗争取得的成绩仅仅是初步的。

贯彻落实"通告"的工作，各地方发展很不平衡，甚至有死角。仍有极少数有贪污贿赂等不法行为者，现在还没有交代自己的问题。他们心存侥幸，企图继续隐瞒，蒙混过关……

"两高一部"的"通告"发出以后，查办贪污贿赂等经济犯罪案件，纠正行业不正之风成为纪检机关、检察机关、监察部门第一位的工作。此后，又不断有腐败分子被陆续揭露出来并受到党纪国法的惩处。

"两高一部"的"通告"发布不久，国务院机关党工委和国务院办公厅就在中南海共同召开会议，研究动员部署落实"两院一部"的"通告"。

这次会议指出：

要正确理解在国家机关中落实两个"通告"的重要性及其与惩治腐败的关系，要充分认识到在国家机关落实两个"通告"具有特别重要的现实意义。它不仅是必要的，而且是一项紧迫的任务。

这次会议要求：

国家机关各部门的各级领导一定要充分重视，各部委要指定内部的有关机构做好接待自首和举报工作。要造成强大的声势，对违纪者和犯罪者产生强大的震慑作用，对广大群众产生鼓舞作用。

与此同时，中纪委组织25个调查组，分赴全国13个省、市、自治区及中央国家机关有关部委，进行案件的调查和催办工作。

此后，全国各地的公安干警开始对犯罪分子，特别是隐藏在重要部门的犯罪分子展开更为强大的攻势。

中央要求重视反腐工作

反腐运动开始以后，中央高层领导继续热切地关注着中华人民共和国的反腐进程。

1992年年初，邓小平来到广东考察。当时，国内外都在看中国的改革开放怎么走，能不能走，尤其最早进行改革开放、进行市场经济的广东更是关注的焦点。

邓小平一下火车，广东省的负责同志打算让他先休息一下，他却说"坐不住"，要求马上去看。

当时已年近九旬的邓小平，视察了深圳、珠海和顺德，他一路看，一路谈。在深圳国贸大厦顶层，邓小平看到深圳高楼林立，欣欣向荣，他十分高兴，后来他向省市负责同志一口气作了10多分钟的讲话。

邓小平强调：

开放以后，一些腐朽的东西也跟着进来了，中国的一些地方也出现了丑恶的现象，如吸毒、嫖娼、经济犯罪等。要注意很好地抓，坚决取缔和打击，绝不能任其发展。新中国成立以后，只花了3年时间，这些东西就一扫而光。吸鸦片烟、吃白面，世界上谁能消灭得了？国民党办不到，资本主义办不到，事实证明，共产党能够消灭丑恶的东西。

在整个改革开放过程中都要反对腐败。对干部和共产党员来说，廉政建设要作为大事来抓。还是要靠法制，搞法制靠得住些。总之，只要我们的生产力发展，保持一定的经济增长速度，坚持两手抓，社会主义精神文明建设就可以搞上去。

邓小平一直十分重视反腐工作，他坚决主张严惩腐败分子。他曾经说：

对腐败的现象我也很不满意啊！反对腐败，几年来我一直在讲，你们也多次听到我讲过，我还经常查我家里有没有违法乱纪的事。腐败的事情，一抓就能抓到重要的案件，就是我们往往下不了手。这就会丧失人心，使人们以为我们在包庇腐败。

邓小平还强调：

越是高级干部的子弟，越是高级干部，越是名人，他们的违法案件越要抓紧查处，抓住典型，效果也大。

在邓小平的影响下，以江泽民为首的党的第三代领导人也一直十分重视反对腐败的问题。

1992年10月12日，中国共产党第十四次全国代表大会在北京隆重开幕。

参加这次大会的有正式代表1989人，这次大会还有特邀代表，中央顾问委员会、中央纪律检查委员会的成员。

江泽民在十四大上发表重要讲话，他在讲话中强调要坚决克服消极腐败现象。江泽民说：

> 坚持反腐败斗争，是密切党同人民群众联系的重大问题。要充分认识这个斗争的紧迫性、长期性和艰巨性。在改革开放的整个过程中都要反腐败，把端正党风和加强廉政建设作为一件大事，下决心抓出成效，取信于民。
>
> 廉洁奉公，勤政为民，要从各级领导机关和领导干部做起。党员领导干部首先是高中级干部，要严以律己，以身作则，教育好子女，并且带头同腐败现象斗争。
>
> 廉政建设要靠教育，更要靠法制。要切实加强各级党组织和纪律检查机关对党员干部的监督，加强人民群众、各民主党派和无党派人士对我们党的监督，建立健全党内和党外、自上而下和自下而上相结合的监督制度。特别要

在执法部门和直接掌握人、财、物的岗位,建立有效防范以权谋私和行业不正之风的约束机制。腐败分子危害党和人民,不论是什么人,都必须依照党纪国法,坚决予以惩处……

在这次大会上,中央纪律检查委员会向党的十四大作了工作报告。报告说:

> 各级纪委把查处党员违纪案件,特别是大案要案,作为从严治党、惩治腐败的重要措施来抓,重点查处了贪污受贿等经济方面违纪违法案件,侵犯国家和群众利益的严重以权谋私案件,以及腐化堕落、道德败坏的案件,清除了一批腐败分子。
>
> 在执纪办案中,紧紧依靠党组织,依靠群众,排除各种阻力,突破了一些难度较大的案件,特别是涉及党员领导干部的案件,以及违纪金额巨大、团伙作案、影响恶劣的案件。
>
> 针对干扰办案的问题,中央纪委制定了《关于对妨碍违纪案件查处的党组织和党员党纪处分的规定》,对严肃执纪起到了重要作用。各级纪委与执法监督部门密切配合,各司其职;坚持实事求是的原则,严格按照事实清楚、证据确凿、定性准确、处理恰当、手续完备的要

求办事，提高了办案质量和效率。

为了搞好案件检查，加强群众监督，深入揭露党内消极腐败现象，各级纪委进一步加强了信访工作……通过信访途径，了解核查了大量党风方面存在的问题，获得了一批党员违纪违法案件的线索，澄清了一些反映失实的问题，从而发挥了党内外群众的监督作用。

1993年初，根据中共中央和国务院的决定，中央纪委、监察部合署办公。

同年8月，中央决定加大反腐败斗争的力度，召开了中央纪委二次全会。

会议提出，反腐败重点放在党政机关、司法机关、行政执法机关和经济管理部门，即"三机关一部门"。

在这次会议的基础上，有关部门形成这样的反腐败领导机制：

党委统一领导，党政齐抓共管，纪委组织协调，部门各负其责，依靠群众的支持和参与。

各地实施廉政建设措施

党中央、国务院发出号召以后,各级监察机关在党委和政府的领导下,结合本地、本部门的实际,制定或参与制定了一些惩治腐败的措施,进行了对廉政措施落实情况的监督检查工作。

上海市监察局在配合市委、市政府贯彻落实中央这一决定时,把着眼点放在监督、促进领导干部带头廉洁奉公,多做群众关心的实事上。市领导多次强调要加强行政监察和监督,要求市监察局"紧紧盯住506名局级干部",并提出现在要把重点监督的范围扩大到包括企事业单位领导干部在内的2000名局级干部,下一步再扩大到2万名处级干部。

江西省监察厅按照省委、省政府的部署,把坚决刹住党政机关用公款吃喝的歪风作为当前的一项重要事情来抓,采取有力措施,敢于动真的来硬的,取得了显著的成效。

辽宁省监察厅会同省纪委向省委、省政府各部门发出通知,严禁动用公款为领导干部高标准装修住房。

黑龙江省监察厅开始对各级干部的住房、建房和用公款装修住房的情况进行清查;对县级以上政府机关的配车和用车情况进行清理整顿;对厅局级领导干部的配偶、子女及其配偶经商办企业的情况和厅局级领导干部在各类公司中担任职务的情况进行调查摸底。

金融系统监察局要求各专业银行针对以贷谋私等不正之风，制定出切实可行的制度和对违反制度者的处罚办法并公之于众。

中国石化总公司监察室针对一些不法分子不择手段地骗购紧俏化工产品进行违法违纪活动的情况，向石化系统的计划、供销部门发出通告：今后凡遇到拿领导干部的批条向企业索要产品的，都要及时报告；对计划外产品的批销也要进行有效监督，以堵住管理上的漏洞。

各级监察机关普遍开展了各种形式的廉政建设工作。监察部上一年参与京、津、沪三市开展了"两公开一监督"的试点工作，并总结推广了试点单位的经验。

在此期间，不少地方都开展了"两公开一监督"的工作。广东省深圳市、内蒙古自治区包头市和河北省肃宁县监察局建立了领导干部财产申报制度，天津市、内蒙古自治区锡林郭勒盟和河北省张家口市监察局对所属主要监察对象建立了廉政档案，湖南省岳阳市监察局建立了监察对象廉政讲评会制度，海南省等地还建立了干部回避制度。

此外，黑龙江省、国家工商局等地方和部门有计划地开展廉政检查；河北省邢台地委、行署从群众意见最大、反映最强烈的问题入手，建章立制，狠刹三股风：一是吃喝风，二是干部私建住房风，三是公车私用风，受到群众的赞扬；安徽省六安地区制定制度，要求各单位每月公布一次吃喝招待账，吃请者和陪吃者都要公开"亮相"，接受群众的监督和有关部门的检查。

有些地方监察机关还聘请了监察信息员，请他们提供案件线索。如安徽省亳州市监察局聘请的 140 名信息员，几个月内为监察机关提供了有价值的违纪线索 162 条。

有的监察机关还派人到容易发生问题的行业或单位开展有针对性的调查研究，从中发现问题。也有一些地方围绕监察机关的中心任务，有重点、有目的地开展社会调查访问，发现案件线索。在实际工作中，他们提倡民"举"的要"究"，民没有"举"，只要发现了，也要主动去"究"，在维护政府廉洁、惩治腐败的斗争中打主动战。

各级举报、信访部门还对一些时间紧急的举报案件直接、迅速地进行了查处，收到了较好的效果。

新疆维吾尔自治区监察厅曾接到群众举报，反映乌鲁木齐市卫生局"'文明医院'检查团"一路检查一路大吃大喝，当天中午要在一家医院吃请。

监察厅立即邀请电视台记者带上摄像机同举报中心工作人员一起赶到现场，把"检查团"大吃大喝的场面拍了下来，当晚在电视台播放。

这件事曝光以后，引起社会的强烈反响，市领导第二天就召集会议，对"检查团"提出严厉批评，并责成有关部门迅速查处。

广大群众对此拍手称快,他们高兴地说:"监察机关雷厉风行,现场办案。增强了我们抵制不正之风的信心。"

为了把廉政监察逐步纳入法制的轨道,监察部门十分注意法规和制度的建设工作。监察部主办或参与草拟经国务院审议核准公布的法规、规定有:《国家行政机关工作人员贪污贿赂行政处分暂行规定》《国家行政机关及其工作人员在国内公务活动中不得赠送和接受礼品的规定》。

后来,监察部又制定和发布了《国家行政机关工作人员贪污贿赂行政处分暂行规定实施细则》。

1989年10月25日,第七届全国人民代表大会常务委员会第十次会议在北京隆重召开。在这次大会上,监察部部长尉健行作了《关于监察机关今年以来开展反腐败斗争的情况及下一步工作的汇报》。尉健行在报告中说:

> 监察部抓住时机,分别召开了国务院各部门派出监察机关和9个省市监察机关负责人会议,以及全国举报、信访工作座谈会和落实两个"通告"的电话会议,要求各级监察机关在抓好学习、贯彻四中全会精神的基础上,按照各级党委和政府的部署,制定或参与制定切实可行的惩治腐败的规定和措施,清理、筛选已掌握的案件线索,选好突破口,力争在近期内

查处一批大案要案。目前，全国已初步出现了一个从中央到地方层层狠抓廉政建设和反腐败斗争的大好形势，时机和条件对各级监察机关开展工作极为有利，我们要加倍努力，不失时机地把工作做得更好一些……

在此期间，新疆维吾尔自治区人民政府副主席托乎提·沙比尔因为滥用职权、贪污受贿而引起监察部门的注意。

有关部门很快查明了托乎提·沙比尔的不法行为。

托乎提·沙比尔在一次舞会上与退职经商的女人程某相识，程某主动和他套近乎，两人一拍即合走到了一起。程某让沙比尔批条子为她做买卖打通关节，非法牟利。

程某为了博得沙比尔的欢心，牢牢控制住他为自己卖命，还主动将一待业女青年庄某引见给他。庄某的要求是：只要你能给我安排工作，你让我干什么都行。

沙比尔在交代材料中说："我以为程某和我是有感情的，她是爱我的。"

而程某则交代说："我们没有感情，只有利用！"

托乎提·沙比尔在1987年12月至1988年8月期间，滥用职权多次批条子、打电话，为女商人程某解决货源、保温车皮及住房，使其得以从事非法经营活动，获暴利19万元。

程某为酬谢托乎提·沙比尔,曾 5 次向其行贿,先后送其电冰箱、纯毛地毯、金戒指及现金共价值 6342 元。

1988 年 5 月,沙比尔还两次批条子给乌鲁木齐市铝厂,为北京实验话剧院女化妆师王某解决 200 吨铝锭,并要求价格上给予优惠。王某购得铝锭后转手倒卖,非法牟利 82 万元后,以信息费名义给沙比尔 1 万元。

托乎提·沙比尔自知罪行严重,于是,他在两院"通告"期限内到自治区人民检察院自首坦白,积极退赃,有悔罪表现,经最高人民检察院检察委员会讨论批准免予起诉。

但是,托乎提·沙比尔身为高级干部,却以权谋私,走上贪污受贿的犯罪道路,在当地造成了极坏的影响,严重损害了党和政府在人民群众中的形象。

1989 年 9 月,中央纪委决定并经中共中央批准,给予托乎提·沙比尔开除党籍处分。

在此之前,国务院已经撤销其新疆维吾尔自治区人民政府副主席的职务。

1990 年 3 月 29 日,第七届全国人民代表大会第三次会议在北京隆重开幕。

最高人民检察院检察长刘复之在大会上作《最高人民检察院工作报告》。刘复之在报告中汇报了关于惩治贪污、贿赂犯罪的情况。他宣布:

发布和贯彻"通告"是继 1952 年开展以反

贪污、反浪费、反官僚主义为内容的"三反"运动和1982年打击严重经济犯罪活动之后又一次大张旗鼓的反贪污、贿赂斗争，是发动群众和依靠群众反贪污、贿赂的成功实践。

它发挥了党的政策的感召力，显示了国家法律的威慑力，表明了党和国家的一贯决心，促使数以万计的犯罪分子自首坦白；挽救了一批正在犯罪的邪路上往下滑的人；揭露出很多重要的违法犯罪线索；提高了干部、群众的法制观念，增强了反贪污、贿赂的信心和积极性。

刘复之在报告中提倡发动群众和依靠群众同贪污、贿赂犯罪作斗争。

二、严查行业

- 1991年9月5日,处决原首钢北京钢铁公司党委书记管志诚的枪声响起。

- 银川市中级人民法院开庭审理杨杰、王艳菊特大贪污受贿案,从四面八方赶来的群众拥向银川市中级人民法院审判庭。

- 高森祥在即将走上刑场的时候,对自己走上犯罪道路的过程进行了深刻的反省。

严惩钢铁行业腐败分子

1990年4月18日,北京市东城区人民检察院依法传讯首钢北京钢铁公司党委书记管志诚。

人们听说这个消息以后,都感到意外。在首钢,管志诚是一位响当当的人物,没有多少人会相信他能"出事"。

提起管志诚,熟识的人都知道他的资历不浅:工龄40年,党龄36年。他在事业上的成就也咄咄逼人,引人注目。

早在1980年8月,不满50岁的管志诚,被任命为首都钢铁公司的总经理助理。此后,他在首钢所属的初轧厂、炼钢厂、民产公司和矿山公司担任过党委书记。

从1989年4月开始,他荣升首钢北京钢铁公司党委书记。一时间,罩在管志诚身上的光环愈发耀眼。

然而,管志诚还有另外一副面孔。

据检察机关侦查核实,从1986年至1990年4年期间,管志诚利用职务之便,索贿、受贿人民币151.9万余元及港币2万元。

在"利用职务之便"时,管志诚没有赤裸裸的行为,而是"巧立名目""巧取豪夺"。

1988年6月,首钢矿山公司、江苏吴县富有物资公司和北京军区后勤部工厂局三方联营，成立了宏城工贸实业部。其时，身为矿山公司党委书记的管志诚便成为该公司的董事长。

宏城工贸实业部只是一个"短命"的公司。在它生存的一年多时间里，只做了3笔计800余吨的钢材生意。管志诚一方面行使他在首钢内的职权，将这几批钢材批售出来，一方面又向宏城工贸实业部提出要求，在支付这笔钢材货款的同时，还要按每吨钢材另加100元"计划外运杂费"，而且必须用现金支付。

800余吨钢材预示着"计划外运杂费"即达8万余元。宏城工贸实业部不敢怠慢，赶忙通过当地几家集体和个体账户兑换出现金，然后，由正、副经理专程送到北京，交到管志诚手中。

其实，凡是首钢批售的钢材，尽管有计划内和计划外差价区别，但在安排铁路运输时，均按铁路运价率统一收费，并由首钢连同货款一并向客户结算，而无什么另外运费和车皮费。同时，首钢也从未委托第三方承运或转运。显然，管志诚是在巧立名目，肆意索取贿赂。

管志诚在涉及巨额贿赂款的账目处理上也费了一番脑筋。8万元钱拿到手后，他找到身为北京房山区崇各庄熔炼厂厂长的同乡王某，王某为他开具了8万元的假收款凭据。而宏城实业部也在4个月之后，用此假发票将这笔票外款下了账。

细心的检察官全面审查了这个私人企业的账目。发现自 1986 年起，苏州、石家庄、唐山以及北京等一些单位先后打入"熔炼厂"账户的款项有 7 笔，金额总计 43 万元。这 43 万元中只有 1 万余元与熔炼厂的业务有关。

据熔炼厂厂长王某介绍，这些巨款均由管志诚一人掌握。账户也由管志诚借用，出于依赖"管书记"的心理，每当一笔款项打入，厂方即为管志诚开出假发票。

为了遮人耳目，从 1989 年 11 月份开始，管志诚又以"华城公司"的名义，在北京房山区崇各庄信用社偷偷立了一个账户。

此时，管志诚本人就是华城公司的董事长。

在以后不到 6 个月的时间里，广东、山东、山西、河北以及北京等地的一些单位，相继打入该账户 24 笔款，总金额达 59 万余元。

经过调查证实，管志诚在批给华城公司钢材时，故伎重演，以需支付铁路部门"计划外车皮费"为名，从每吨钢材中索取现金 60 元。最后，华城公司在经销 2000 吨钢材时，向客户收取了票外款 15 万余元。随后，这笔巨款又落到管志诚的手中。

1986 年底至 1987 年，管志诚 3 次批给河北丰润第二轧钢厂 150 吨平价支农盘条。让人不解的是，这批盘条每吨价格只有 800 元，相当于当时市价的一半。显然，这样的"优惠"需要付出代价。管志诚提出，除了支付货款外，每吨盘条还要另加 400 至 450 元的"钢材补差费"。这样，总价不过 12 万元的盘条出手后，管志诚竟从中搜刮了 6 万余元，并全部据为己有。

管志诚有权批售钢材，也有权索取高额贿赂，只是名称各有不同。什么"劳务费"、"加工费"、"计划外运费"和"利润分成"等。一些客商为了买到钢材，只能忍痛相允。

1989 年 8 月 15 日，最高人民法院、最高人民检察院联合发出限令经济犯罪分子投案自首的"通告"后，管志诚的贪欲丝毫没有收敛，他依然顶风作案。在此期间，他竟然接连作案 5 起，索取贿赂款额高达 31 万元之巨。

这年秋天，北京钢铁公司召开大会，敦促有经济犯罪问题的人员前去投案自首，而作此"动员报告"的人恰恰是管志诚本人。

管志诚在进行"权钱交易"的同时，还贪恋女色，腐化堕落，认养了两个"干女儿"。

管志诚被传讯的这天夜晚，东城区人民检察院办公室门外，传来一阵阵女人的哭叫声。人们循声望去，一个约莫三十四五岁的妇女正在拼命地喊叫，声称要看望她"爹"。

这个女人名叫于惠荣，她要看的"爹"就是管志诚。

管志诚，年近 60 岁，体态已明显臃肿。管志诚有自己的家，他的结发妻子给他生了 4 个儿女。可是，他的心思很少放到家里。他声称，他的婚姻是不幸的，是旧社会父母包办的，因而没有什么幸福可言。

于惠荣，34 岁，是首钢北京钢铁公司联合经销处调运科运输计划专业员，她是管志诚一手提拔"重用"的。1981年，她拜管志诚为"干爹"，随后开始了他们的同居生活。

杨娣，25岁，原来是北京石景山区一家幼儿园的保育员。几年前，她拜管志诚为"干爹"后，索性将名字改为"管小娣"。后来，她辞去了保育员的工作，在管志诚主管的公司里担任要职。

管志诚和他的两个"干女儿"合伙干了一桩桩"权钱交易"的罪恶勾当。

于惠荣的职责非同小可，握有实权。首钢出厂的大部分钢材一般都由她做出车皮计划，然后才能发运。

当初，管志诚批给"华城公司"的2000吨钢材"出手"后，那笔15万余元的票外款，管志诚连点都没点，就交给了于惠荣。于惠荣又将这笔赃款存在银行里，其中一部分存到管志诚名下。

杨娣也是管志诚的好帮手，"宏城工贸实业部"向管志诚交纳的8万余元"钢材计划外运费"，即由杨娣一手包办。

这两个女人是管志诚收受巨额贿赂的"同伙人"和"知情人"，也是最终为管志诚冒险效力的忠实走卒。

1990年4月17日，在管志诚被依法传讯的头一天，于惠荣和杨娣从管志诚的办公室里，慌慌张张地提走了五六个皮箱。后经查明，在于惠荣母亲家藏匿的一个手提密码箱里，即有银行存单、现金及金银首饰，价值折合人民币 30 余万元，其中记在管志诚名下的存单有 4 万元。

杨娣则在逃往广州之前，将 5 个密码箱悄悄藏到她二姐夫家中，内有价值 10 万余元的财物和大量的票据、印鉴及合同书。随后，她又在家中急急忙忙烧掉了一批票账。

不久，于惠荣和杨娣也落入法网。

在追查管志诚受贿赃款的去向时，检察官注意到了这些事实：

1988 年 11 月，管志诚花费 4.5 万元，买了一套两居室住房，供他和杨娣同居之用。

1989 年 12 月，管志诚又从他在崇各庄信用社的黑账户里，拿出 11.59 万元，在石景山永乐西小区购置一套两居室住房，供他和两个"干女儿"同居之用。

1990 年 3 月，管志诚动用 10.4 万元，购得三居室住房一套，供杨娣使用。

在管志诚两个"干女儿"的住房里，彩电、电冰箱、录像机、电话机等生活用品一应俱全，一盒盒高档补品则记录着他们的醉生梦死。

此外，管志诚还给于惠荣人民币 42 万元，给了杨娣 11 万余元，可谓"出手大方"！

管志诚还精心地为自己晚年的生活做了安排。他从房山区崇各庄熔炼厂账户里抽出 37 万余元，"投资"到"华城公司"，以便进行营利活动。

他幻想，这笔巨款的"股利"足以使他晚年丰衣足食，颐养天年。

1991年7月18日，受贿贪污犯管志诚被北京市中级人民法院一审判处死刑，剥夺政治权利终身。

1991年9月5日，处决原首钢北京钢铁公司党委书记管志诚的枪声响起。这枪声，显示出中华人民共和国反腐倡廉的坚定决心！

铁路系统腐败集团落网

1989年三四月间，郑州铁路局纪委、郑州铁路检察院分院和郑州市金水区检察院，分别收到了反映铁路系统有人以车皮谋私、行贿受贿、大量倒卖煤炭、非法牟取暴利等问题的举报信。

在信中，郑州铁路局主管运输的副局长潘克明、郑州铁路局综合服务公司副经理侯创国、河南省燃料公司科长刘兴臣以及农民吕振中等人被一一点"将"。

检察机关立即展开调查，并于1989年7月31日将郑州铁路局原副局长潘克明收审。

当天晚上，检察人员对潘克明的办公室和两处住宅进行搜查，搜查结果令在场人瞠目结舌：现金数万元，存折10多个，就连落满灰尘的衣服里也塞着一沓一沓人民币；各种名酒成箱地从地面一直摞到屋顶。

潘克明案引发了中华人民共和国历史上一起罕见的国家机关工作人员贪污、行贿受贿特大经济案，一些有贪污受贿行为的铁道部门领导干部也纷纷在此案中落网。

从1986年初至1989年4月间，铁路运输尚不能满足当时的运量需求，车皮紧张。"倒煤"专业户吕振中为能批到倒卖煤炭用的车皮，几番行贿送礼之后，与河南省燃料公司科长刘兴臣结下了"友谊"。

刘兴臣虽说只是个科级干部，手里却掌握着全省煤炭运输大权，为此被视为郑州铁路局"贵宾"。

从 1987 年底到 1989 年 5 月，刘兴臣先后向郑州铁路局有关人员送了 20 台彩电，还有一部分以超低价卖给对方。郑州铁路局也投桃报李，专门腾出铁路局招待所的一间客房作为刘兴臣的办公室，并为其安装了铁路系统专用电话。

那段时间，只要货表上有"刘"字，郑州铁路局便会为之大开绿灯。刘兴臣办事优先，几乎成了当时郑州铁路局运输部门一条不成文的"规定"。

与此同时，为了从繁忙的铁路运输线上挤出一列列车皮，为了从国家利益中谋得个人私利，铁道部运输局也成了这条利益锁链上的重要一环。

1989 年 6 月 1 日，侯创国被检察机关收审了，他做梦也没想到会有今天。

望着紧锁双腕的那副冰冷的手铐，他就像被谁一棍子打蒙了似的，许久未能清醒过来。这一切来得太突然了。

"有钱能使鬼推磨，没钱就是推磨鬼。"这是侯创国坚信的人生信条。他发誓要挣大钱。于是，侯创国眯起眼睛，开始搜寻身边可以利用的人和机会，他一眼就瞅准了掌管郑州铁路运输大权的潘克明。

侯创国的左右寒暄、阿谀迎奉很快得到潘克明的赏识。在潘克明的眼里，小侯真像猴子一样机灵，是个

"能人"。

1988年上半年，潘克明买了10辆凤凰女车。

一天，潘克明在办公室召来侯创国，三言两语闲扯了几句以后，他便进入正题："前些天，我帮朋友买自行车，一算账，赔了2500元钱，咳……"

侯创国心领神会，马上起身："不急，不急，我那里有钱。"片刻的工夫，他便从办公室拿来了2500元钱交到潘克明的手里。

为了讨得潘克明的欢心，侯创国把自己承包的服务公司变成潘克明的"小金库"，使公司实际上成了侯创国做柜台经理、潘克明当后台老板，一切财务支出，潘克明都可以随意插手，一些不好定的账，也都可以在这个"小金库"中落户入账。

1988年下半年，潘克明通过吕振中为其好友联系了一台24万元的豪华型皇冠车。

潘克明认为买车的钱必须设法报销，他首先想到了侯创国。他让侯创国向萧山驻南阳物资站借款14万元，付给吕振中；然后，潘克明给侯创国批了一列发往萧山物资局的加价煤，潘克明竟用这加价部分，在侯创国的公司上注销了这笔借款！那另外的10万元，潘克明也如法炮制，批车皮给吕振中，让吕振中从所"赚"的煤钱中，去自己抵消。

潘克明曾经授意侯创国从服务公司转给铁路局招待所12万元，之后，他就从这笔钱中以"招待费"名义支出了近 9000 多元……

有了侯创国的这份"虔诚",潘克明自是不会亏待他。

经办案人员查证,仅从 1988 年 7 月至 1989 年 4 月,侯创国就通过潘克明,先后搞到 30 多列计划外车皮,从长治、晋城、安阳等地向江浙、福建等地发运煤炭。他们规定每运一吨煤加价至少在 10 元以上。

如果每列火车按 50 节车皮,每节车皮以装 50 吨计算,那么,他们就可发运 1500 多车,近 7.5 万余吨煤;如果再按每吨平均加价 15 元计算,仅在加价费一项,侯创国就垂手可获利 110 多万元!

但是,潘克明和侯创国贪无止境,私欲难填。他们认为要赚取更多的钱物,就要有更大的场面,更多的机遇。因此,潘克明、侯创国编织的那张罪恶之网必然要罩到更大的权力上去。罗云光,这位铁道部主管运输工作的副部长被罩在了这张网上。

一个星期日的下午,潘克明急匆匆地来到罗云光家。罗云光的夫人有些惊讶地打量着他。

"你不认识我吧,我是郑州局的潘克明。"潘克明一见夫人便寒暄起来。

夫人也客气道:"你就是潘局长吧,知道,知道,我接过你打来的电话呢。"说着,她准备款待客人。

"别客气啦,我马上就走。"潘克明谢茶免烟,忙着从衣袋里掏出一个装着 1000 元现金的大信封,放在茶几上，直陈来意，"要过年了，你们也很紧，这是我的一点心意。"

罗云光的夫人正欲推辞，潘克明将大信封朝她面前一推，巧言相劝："收下吧，我不是找你们办什么事情，这是我们省发给你们的奖金。"说罢，他就起身告辞了。

案发后，提及这 1000 元钱，罗云光总要懊悔一阵……

就在收下 1000 元钱后不久，罗云光出差去郑州，他特意带上这 1000 元钱。晚上，当潘克明到招待所来看他时，他把钱拿了出来，表示要退回给潘克明。

潘克明哪里肯依！一个要退，一个不允，两人展开了"拉锯战"。恰逢此时，郑州铁路局的另一位领导也来看望罗云光。罗云光当即把钱又收起来。

后来，罗云光十分懊悔地说："唉，要是那一刻没有别的来客，我肯定就……"

1988 年 6 月的一个晚上，罗云光家里的电话铃响了。罗云光的夫人拿起话筒。

潘克明在电话那头说："我是郑州潘克明啊。请您找个人明天早上去接 252 次车，我给副部长捎来一幅字画。"

这头，罗云光的夫人很快就心领神会。

列车正点到达了。这卷字画由家人安然无恙地带到了罗云光的家中。

罗云光的夫人细心打开画，只见从画里面掉出一沓人民币和一枚闪闪发光的金戒指。夫人撕开字画，点数着这一沓人民币，发现整整1000元。

晚上，罗云光回到家中，他有些为难地望着这1000元人民币和那枚金戒指，心里七上八下，一时拿不定主意，他不由得长叹一口气。

为了从那繁忙的铁路运输线上挤出一列列车皮，为了从国家利益中谋得个人的私利，铁道部运输局成了潘克明、侯创国行贿送礼的一个重要目标。

从1986年7月到1989年春节，侯创国充当潘克明的"特使"，竟先后8次从郑州驱车进京，给运输局及相关人员大送贿礼！

1988年12月，侯创国按照潘的意图，携现金2.7万元上北京了。到了北京以后，侯创国来到铁道部运输局局长徐俊的家里。

侯创国说："我来时，潘局长交代了，让给运输局两万元钱劳务费，您看怎么安排吧。"

侯创国先递过去一包，这是给徐俊的好处费。

徐俊接了过来，他脸上没有什么表情，依旧是一副办公的口吻："好，你回去谢谢潘局长。"

一次，在北京大都饭店，一桌丰盛的晚宴已近尾声。

这是江苏省某市与运输局商议用自备车运输煤炭会议的最后一个节目。徐俊、魏国范等运输局的11人在座。他们个个脸上泛着红光……

当他们酒足饭饱、谈笑风生地起驾回府时，每人手里都拎着一个样式精美的小包，里面是他们"笑纳"的对方赠礼：每人一架"理光"D30型照相机。其中运输局调度处一处长，只是在吃饭时才"到会"的，也被悄悄塞上了这么一个小包。

由于自备车要经过郑州，所以，运输的合同是由运输局"坐庄"，以郑州铁路局名义和对方签约的。

为了感谢运输局的这份"厚爱"，郑州铁路局来人秉承局领导的旨意，按老规矩，带上了3000元现金。

走廊里，有人悄声将郑州铁路局的意思告知了徐俊，徐俊毫不犹豫地拍了板："不要言声，小范围分掉。"

于是，徐俊等6人"小范围"私分掉了这3000元贿金。

1987年夏天，山西阳泉大旱。山西省提出"生产自救，抗灾度荒"的口号，国家给予积极支持，同意安排100万吨紧急救灾煤销运山东等地。

12月25日，铁路运输局第1537号调令终于发出。代价是：每运一吨煤，要支付铁路"劳务费"两元钱。

铁路运输局给了阳泉一个"铁科研运输所"的账号。仅1988年，阳泉方面就4次往这个账号汇款6万余元。运输所分6次将这笔现金交到徐俊手里。

第二年，为感谢运输局的"支持"，阳泉煤炭运输公司又特意在北京买了10台"企诺"牌照相机，配齐了三脚架、闪光灯、彩卷和电池，每台合计价1100余元，交给了运输局的一个人，叮嘱分送运输局的有关人员。徐俊自然在"有关人员"之列。

从 1986 年 7 月到 1989 年春节，潘克明先后 8 次派"特使"从郑州驱车进京，给铁道部运输局及相关人员大送贿礼。

在此期间，时任铁道部副部长的罗云光凭借职务之便，先后接受潘克明等人贿赂现金 2000 元、金戒指一枚和价值 2300 多元的电冰柜一台，收受非法所得 950 元。

罗云光在任职期间利用职务之便收受贿赂，分管运输局工作严重失职，在党内外造成恶劣影响。

1990 年 6 月，经中共中央批准，国务院开除罗云光的公职。与此同时，中央纪委开除原铁道部副部长罗云光的党籍。同时被开除党籍的还有包括铁道部运输局原局长徐俊、副局长贾霜等在内的 8 人。

此案共涉及铁道部和郑州铁路局科以上干部 48 人，其中副部长一人，局级干部 15 人，处级干部 19 人。犯罪总金额达 96 万多元，其中铁道部运输局以各种名义违反规定向货主或下级单位非法索要和收受各种款额达 76 万多元。

查处烟草行业腐败行为

1987年7月,杨杰被任命为宁夏烟草专卖局局长兼烟草公司经理,政企合一,他身兼二职。

两年中,杨杰苦心经营的公司成为全国烟草销售先进单位,利税突破千万元。他个人在总公司也成了"节约经理基金的廉政干部"。

在此期间,杨杰写的一篇关于"企业政治思想工作问题"的论文,在全国烟草系统第五次思想政治工作会上还得了奖。

但是,杨杰在努力奋斗的同时,灵魂深处也逐渐产生了自私自利的思想。

杨杰被任命为局长兼经理以后,他深知关系网的重要性,上上下下都要打点。为了巴结上级领导,笼络部属,他不仅给关系户们成件成箱地批售紧俏平价香烟,还调入一批关系户推荐的人员,并且都安排在公司的重要岗位上。

此外,杨杰还专程赴北京,带着毛毯、毛线、毛料、名酒,还有宁夏特产枸杞子、发菜向有关人员送礼。杨杰认为烟草专卖局系统上下是垂直领导关系,他要坐稳局长、经理这两把铁交椅,不巴结北京的领导是不行的。

对于宁夏地面的上上下下,杨杰也精心编织关系网。

上至自治区党委、政府的领导和一些厅、局长，下至各市、县的头头脑脑，以及大大小小的企业经理、厂长他都主动联络感情。

杨杰倚仗着自己的关系网，疯狂地聚敛财富。杨杰把所属公司的主管都换成"圈内人"而形成了一个犯罪的独立王国。

几个局领导分工时，杨杰紧紧抓住烟草批售的权力不放，不让别人拿了去，他知道手中有了香烟批售权，就有了以权谋私的资本。

杨杰等人利用掌管烟草专卖的权力，内外勾结，以向个体商贩提供紧俏香烟，向外系统提供账号、准运证，擅自提高或降低卷烟销售价格，给销售单位随意搭配供烟品种和为卷烟厂销售劣质香烟等手段，大量收受、索要贿赂。

杨杰还利用国家调整卷烟价格的机会，伙同他人囤积名优卷烟，倒卖牟利；以各种名义向下属公司索要和报销"业务费""招待费""会议费"，从中贪污。

此外，杨杰还以"样品烟""品吸烟"的名义拉关系、送人情、走后门，甚至倒卖样品烟，肆意进行经济犯罪活动。

1990年7月12日，银川市公安局看守所内。几百名人犯在高墙内排成整齐的队伍，在临时搭起的讲台上，由自治区党委常委、政法委书记白振华带领区、市公检法司机关的主要负责同志向人犯宣讲法律和政策，开展政治攻势，感召在押人犯检举揭发。

会后，一名因挪用公款罪被逮捕的人犯要求揭发，看守人员立刻给他拿来纸和笔。

几天后，这名犯人写下的检举揭发笔录放在自治区人民检察院主要领导同志的桌上。该犯检举揭发宁夏烟草专卖局销售处处长王艳菊以权谋私、非法倒卖烟草的罪行。

8月16日，自治区党委书记黄璜在听取检察机关对此案调查情况的汇报后，他十分明确地说："党委支持你们依法独立行使检察权！"自治区党委、政府、人大的其他领导同志也异口同声地表示支持……

这天夜晚，呼啸的警笛划破了夜的宁静，几辆警车驶出自治区人民检察院的大门，冲进黑沉沉的夜幕中，前去搜查王艳菊的家。

在王艳菊的住宅里，检察官们震惊不已：彩电、冰箱、录像机等高档商品应有尽有，毛料、毛线成卷成堆；毛毯、毛呢几十条；高档衣裙几十件，新皮鞋就有40多双……书桌下是发霉长毛的名烟；床底下是腐烂变质的罐头；柜子里日久变味的糖果。搜查、扣押工作进行了整整一夜。

王艳菊很快供述了她和杨杰贪污受贿、非法倒卖烟草的罪行。

不久，几名检察官推开了自治区烟草专卖局局长的办公室门，一副锃亮的手铐铐住杨杰的双手。杨杰那张白皙的脸上顿时没有了血色，他迈着沉重的步子走出烟草专卖局的大楼，在登上警车前，他无限留恋地望了一眼烟草专卖局雄伟的办公大楼，然后他沮丧地转身，坐进了车里。

经查明，从1988年初至1990年8月，杨杰贪污受贿9.2万余元；宁夏烟草专卖局销售处处长王艳菊贪污受贿13.1万余元。

公安人员从杨杰和王艳菊的6处窝赃点查出的款物中，有现金、存折20余万元，美金500元，以及一大批金银首饰、家用电器、高级毛料、名烟名酒。

此外，烟草专卖局党组成员、副局长于春金是杨杰到烟草专卖局以后向组织部门要来的。于春金在自治区劳动人事部门工作10多年，人头熟、路子宽，杨杰认为他有利用价值。

于春金来到烟草专卖局以后，不择手段地为自己聚敛财富，他倒卖了烟草专卖局几十个招工指标，每个指标他都卖2000多块。

后来，于春金和杨杰、王艳菊一样落入法网。

经过公安机关查明，于春金也犯有投机倒把罪、受贿罪，受贿金额3.1万余元。

这起特大贪污受贿案涉及18人，贪污受贿数十万元。检察官仅仅清点杨杰、王艳菊的赃物，就从头天凌晨清点到第二天15时。

此案检察机关共立案35人，其涉及人员之多，犯罪金额之大，是新中国成立以来烟草行业所罕见的。

杨杰、王艳菊特大贪污受贿案曝光后，银川到处都在谈论此案，案件庭审时间长、旁听群众多创当时的纪录。当时的晚报也异常畅销，一个卖晚报的小贩300份报纸不到一上午就卖完了。

1990年7月25日8时30分，银川市中级人民法院开庭审理杨杰、王艳菊特大贪污受贿案，从四面八方赶来的群众拥向银川市中级人民法院审判庭。不一会儿法庭内已座无虚席，连走道也站满了人，由于凭票旁听，一些无票的群众向值勤的武警说好话，希望能通融一下，有的则乘武警不注意，"混"了进去。无法进庭旁听的群众干脆在门口蹲着收听实况，路上的行人也驻足倾听。

杨杰、王艳菊身为国家干部，无视党纪国法，利用职务之便，大肆索要收受贿赂，并与他人相互勾结，共同预谋侵吞公款。他们一审被判决无期徒刑，剥夺政治权利终身。

中共中央纪律检查委员会就宁夏回族自治区烟草专卖局局长杨杰严重违法乱纪的问题发出通报，要求各级党组织和广大党员从中看到行业不正之风的严重性和危害性，进一步增强紧迫感和责任感，深入开展纠正行业不正之风工作。通报说：

少数党员干部利用手中掌握的行业特权，搞不正之风，甚至进行违法乱纪活动的问题，不仅发生在烟草行业，其他行业也程度不同地存在。各级党委、政府以及各行业的主管部门和党组织要充分认识纠正行业不正之风的重要性，切实加强领导和部署，下大力气搞好这项工作。要集中整治以行业特权谋私、敲诈勒索、不给好处不办事等严重不正之风，对暴露出来的违纪违法案件要及时认真地检查处理。

中共中央纪律检查委员会发出《关于宁夏回族自治区烟草专卖局局长杨杰严重违法乱纪的通报》之后，国家烟草专卖局高度重视，专门召集党组会议，认真学习讨论，并要求烟草系统从中吸取教训，提高认识，切实抓好行业廉政建设。

国家烟草专卖局党组成员在学习中一致拥护中纪委的通报，认为通报对烟草系统存在的以烟谋私的行业不正之风的分析切中要害，通报中提出的要求，对烟草行业的党风廉政建设是一个有力推动。

银行系统查处受贿案

1990年8月10日，中信实业银行深圳分行行长高森祥被逮捕。这个消息在深圳引起很大轰动。

高森祥出生于广东梅县某乡的一个山区农民家庭，读中学时，他的脑海里萌发了这样一个念头，要好好读书，挣大把的钱，改变穷苦的命运，光宗耀祖。

后来，高森祥以优异的成绩考入厦门大学经济系。他从厦大毕业后，分配到国家测汇总局任科员，1975年申请入党，接着被批准成为一名共产党员。

1983年1月，高森祥来到百业待兴的深圳特区，在中国银行深圳分行任办公室副主任。

高森祥是一个能说会道的人，他希望在工作中干出一番事业，与此同时，也使自己的家庭生活得到改观。他肩负着赡养老人和抚养孩子的责任，过着清贫又淡泊的日子。他认为在测汇局工作施展不了自己的才能，实现不了自己的"宏图大愿"，便在1979年跳槽进了中国银行综合局计划处。

转眼之间，高森祥已近不惑之年。他私下抱怨自己的才能得不到发挥，他的视线投到了深圳。果然，在深圳这块充满生机的土地上，高森祥找到了用武之地。

1988年5月，高森祥筹备全国六大专业银行之一的中信实业银行深圳分行。10月，他正式出任分行行长。

随着职务的提高，高森祥的私心也随之增重。糖衣炮弹摧毁了他心中那一道脆弱的防线。

中信实业银行是中信公司所属经营国内外业务的综合性银行，深圳分行是中信实业银行按照经济区域设立的分支机构，为中外客户提供金融服务，与港澳及国内外多家银行建立了代理行关系。分行对内实行经理负责制，行长也就是总经理，不设副职，职员一律聘用。

高森祥担任分行行长，大权在握，他开始飘飘然、昏昏然起来，逐渐把党和人民给予的权力看成炫耀自己的资本。清明时节，他回家扫墓，就组织由5辆轿车组成的车队，前面是银行的押钞警车开道，后面是专门的行李车，一副十足衣锦还乡、光宗耀祖的派头。

从高森祥将出任深圳分行行长的消息传出的第一天起，各种形式的糖衣炮弹就开始向他瞄准了。

首先向高森祥发射糖衣炮弹的是港商李某。李某是梅县人，1982年离开家乡到香港"捞世界"。他在1987年才与高森祥相识，在获悉高森祥筹备中信深圳分行后，马上就对高森祥进行"感情投资"。

1988年仲夏的一天，李某来到广州市某工商行储蓄所，拿出5000元人民币交给储蓄员小姐，存单户主姓名一栏，却端端正正地写着"高森祥"的字样。

两天以后，深圳酒店某咖啡厅，李某笑脸迎来高森祥。一阵寒暄、一阵感叹之后，李某便将存折递了过来。

几经推让，高森祥最后还是收下了。此次"投资"，数额虽小，但"礼轻情谊重"，以至后来高森祥将李某视为知己，稍后还把受贿得来的钱交他保管。李某自然也不会吃亏，就以国内某公司的名义向深圳分行贷款100万元人民币。

1987年，陈某经人介绍认识了高森祥。陈某是高森祥的老乡，1978年申请到香港定居，任某公司董事长。由于两人是老乡，一来二往，他们成了知心朋友。当陈某获知高森祥出任深圳分行行长后，他来到高森祥的办公室，对高森祥说："我知道你经济不宽裕，这点钱算是我支持你的。"说着掏出一沓厚厚的港币，计1.1万元。

望着这笔钱，高森祥猛地颤抖了一下。此刻他还真需要钱，因为他已开始寻花问柳，正与"女朋友"孙某酝酿着同居，而这一切都需要钱，于是，高森祥收下了这笔钱。

陈某的钱自然不会是白给的。虽说他在国内并没投资办任何企业，但他却凭着与高森祥的关系，在深圳分行开业的当天，就介绍了同他有直接生意往来的内地某经销部，向深圳分行贷款1150万元人民币。

在国内，最先向高森祥施放"炮弹"的是30岁出头的陈经理。陈经理高中毕业后到江苏省江阴市做了城建局职工，户口迄今仍在当地。后来他辞职南下，凭着三寸不烂之舌，于1988年担任深圳泛信化工有限公司的副董事长兼总经理。

同年 12 月，泛信化工有限公司意与深圳某商业发展公司供销经营部联合经营彩电生意。此时，仅以一纸聘书做资本的陈经理急得就像热锅上的蚂蚁，他不知从何处才能找到钱。

经人介绍，陈经理认识了高森祥。几经接触，高森祥对这位比自己小 10 多岁的年轻经理产生了好感。经过派人了解，确定该公司确有彩电生意后，便同意在正信集团担保，由商业发展公司向深圳分行贷款 200 万美元。

几天后，在深圳房地产大厦川楼办公的陈经理，支出办公室其他人员，抓起了话筒，拨通了高森祥的电话，颇为神秘地说："老总吗，请你过来一下，有点事。"

高森祥乘坐的豪华皇冠车缓缓从国贸大厦停车场开出，停在仅百米距离的房地产大厦楼前。

"老总，过年了表示个意思。"陈经理一看到高森祥，就递上一个"红包"。

高森祥微微一笑，接过沉甸甸的"红包"，他笑着说："既然是'红包'我就收下了，但以后别这样了。"

停了一会儿，高森祥有些担心地问："这要不要办什么手续？"

"不用！"陈经理十分爽快地回答。

"你们如何出账？"高森祥仍不放心地追问一句。

陈经理淡淡一笑，说："我们可以采取开发票或以工人奖金的形式冲账……"

此时，高森祥心里坦然了。他离开陈经理以后，立刻打开红包。红包里是一沓50元面额的人民币，共8000元。高森祥顿时喜上眉梢……

此时，金钱已经成为高森祥"最感兴趣的东西"。他曾经对陈经理说："在北京穷怕了，现在不管什么，就是要钱。"

高森祥在收受上述人的"馈赠"或"红包"的时候，正是全省在开展以廉洁为主要内容的纪律教育的时候。党中央在《关于党和国家机关必须保持廉洁的通知》中，要求党和国家机关工作人员要正确运用人民赋予的权力来为人民办事，切实做到：

严守法纪，不贪赃枉法；秉公尽责，不以权谋私；艰苦奋斗，不奢侈浪费。

然而，这些对高森祥却未有丝毫触动。他担任深圳分行行长以后，已经放松了思想警惕。对有关文件，他懒得翻上一翻，时常是拿起笔不假思索地在上面签上"已阅，高森祥"几个字，他极少参加党组织生活，不得已参加，也是以领导的身份发点指示，就借故走开。甚至连市里召开的本应由他参加的领导干部会、党的工作会议，他也指定别人代替参加。他不参加普法学习，普法考试试卷也是手下人替他做的。

1989年2月，为了进一步扩大彩电生意，泛信化工有限公司拟向香港某投资公司借款320万美元，但对方要求必须有国内银行向国际商业信贷银行香港某分行提供不可撤销的银行担保，陈经理再次想到了高森祥。

3月初的一天下午，深圳新都酒店五楼咖啡厅，陈经理满脸笑容地迎接如约前来商谈担保事宜的高森祥。如果深圳分行不予担保，陈经理就无法借到这笔外汇，对此，双方都十分明了。经过商谈，两人达成协议。高森祥同意深圳分行为泛信化工有限公司提供担保，作为回报，陈经理送给高森祥50万到100万的港币。高森祥特意强调，这些港币必须在香港支付。

3月6日，高森祥让人分别用中英文打印出深圳分行致国际商业信贷银行某分行的《不可撤销的银行担保书》，并且笔走龙蛇，留下了他一生中最为得意的签名，不久，陈经理顺利地得到了这笔贷款。

4月6日，陈经理从泛信化工有限公司的账户上假冒"空调机款"的名义，汇出30万美元给公司的一个香港股东，并吩咐他将美元兑换，把其中100万港元在香港支付给高森祥。同时，陈经理又叮嘱高森祥到香港取钱。

不久，高森祥持港澳通行证多次去香港找这个股东。这个股东就带高森祥到恒生银行自己账户上先取出20万港币。高森祥又叫他帮忙将此款存入银行。

然而事情并没有就此了结，高森祥对金钱的欲望似乎越来越强烈了。

8月初的一天下午，陈经理在办公室接到高森祥的一个亲信的电话，约他5分钟后楼下见一面，这位亲信就对陈经理说:"请马上准备10万元人民币急用,这事老总知道的。"

下班前,高森祥又亲自来到陈经理的办公室,他告诉陈经理他确实急需一笔钱用,请帮助解决。陈经理回答说:"只有港币。"

高森祥说:"本来是要10万元人民币,港币也可以,就给11万吧。"陈经理点头同意。

第二天17时左右,陈经理用报纸将11万港币包好,送给正坐在轿车里的高森祥。

陈经理后来回忆说:"那时正是我向高森祥要求贷款的时候,既然他主动提出要钱,肯定是要给的……真是孝敬都来不及呢。"

陈经理对高森祥的"投资"收到了丰厚的回报。他先后从高森祥那里贷得人民币2790万元,美金760万元,担保贷款美金944万元。

高森祥与陈某在新都酒店的咖啡厅"谈判"后,他因病住进了医院,一住就是一个多月。来看他的人自然很多,其中一位是广东某公司外联部经理兼宝安县沙井镇某实业股份公司董事长梁某。

梁某与高森祥的交情很深,但在梁某第一次为公司从深圳分行贷款200万元人民币后,高森祥也毫不客气地要梁某给点"好处"。梁某也求之不得这样做,因为这就意味着以后可以源源不断地从高森祥手中贷到巨款。

这次,梁某得知高森祥住院,就和一位同事带上水果补品匆匆赶来"探望"。途中,他沉思着该再给高森祥送点其他什么。当他得知同事身上有一本5万元人民币的活期存折时,坦然放心了。探望过后,这本存折混在礼物中留在了高森祥的病榻之上。高森祥接到这份厚礼之后,十分高兴,他对梁某的这种做法大加赞赏。

不久,高森祥再次住院。其间,梁某又两次到病房探望,带的礼物也是现金,第一次2万元,第二次3万元。

作为回报,经高森祥批准,梁某先后8次向深圳分行贷到人民币3100万元。

此后,高森祥要钱的手段越发肆无忌惮。

1990年7月23日,泛信化工有限公司的陈经理因为经济犯罪被检察机关逮捕。

7月24日,高森祥刚从香港回到深圳,就听说了陈经理被逮捕的消息,他感到十分害怕,有一种末日即将来临的不祥预感。

高森祥害怕自己受贿之事由此败露,便急忙将陈某于1990年1月下旬送他的1万元"红包"上缴到银行办公室,并吩咐经手人将收到的缴款时间写成2月,以造成他一收到陈某的"红包"贿赂便立即上缴的假象。

与此同时,高森祥预感到自己很快会被公安机关传讯,因此,他十万火急地为自己寻找退路。他迅速通过港商李某购买了8月2日从广州前往某国的飞机票,打算逃往国外。

8月1日17时，东躲西藏的高森祥在广州东山宾馆落入了法网。

不久，广东省深圳市人民检察院向深圳市中级人民法院提起公诉。该院经公开审理高森祥受贿案，查明：

1988年6月至1990年7月，被告人高森祥在担任中信实业银行深圳分行行长期间，利用职务之便，在批准为企业贷款或为企业担保贷款过程中，收受他人贿赂现金及实物折款共计港币172.3万元，人民币63.03万元，美金5000元。

按银行信贷规则，贷款要遵循"贷前三查，贷后监督"的程序。由信贷员对要求贷款的单位或个人进行"资信"调查，然后将结果上报信贷部领导，最后一道程序才是由行长签字批贷。高森祥为了进行权钱交易，他就一手遮天。谁与他好，谁能给他钱，他就直接向信贷员发出指示：某某是我的朋友，请给他贷款。凡是要找他高森祥贷款的，无一例外，要先交"钱"，后发"贷。"

8月30日，深圳市中级人民法院作出判决，法院认为：

1. 被告人高森祥犯受贿罪，判处死刑，剥夺政治权利终身。

2. 被告人高森祥违法所得的一切财物，予以追缴，上交国库。

有些专家说："高森祥受贿的时间长、次数多，头绪纷繁，案情复杂。人民法院在审理过程中，坚持实事求是，深入调查研究，对证据不足的事实和数额，不予认定；对受贿人、行贿人供述不完全一致的，只认定其中证据确凿、充分的犯罪事实和受贿数额。对高森祥检举揭发他人的问题亦逐一进行查证，认为不构成立功表现。这些判决都是公正合理的。"

高森祥在即将走上刑场的时候，对自己走上犯罪道路的过程进行了深刻的反省，他十分悔恨地说：

这一年来，我变了。这固然有许多客观因素，但根本的一条，就是自己的官做大了，没有人监督了，因而在日常的工作、生活中想钱多了，认为现在有钱有势，应该好好地享受一下了。就这样，资产阶级思想乘虚而入，无产阶级和贫苦农民的阶级感情逐渐淡泊，最后被资产阶级俘虏了。

三、 法网恢恢

● 检察官起初用眼睛注视着魏时中，一句话也不说。过了一会儿，他突然开口问魏时中："你叫侯江清转移赃款是怎么回事？"

● 当时，王建业没有想到，有一天，他会以囚犯的身份来到深圳市看守所。

● 一个贪官十分悔恨地说："谁不接受监督，肯定是完蛋。"

高官人生浮沉警示

　　1991年4月6日,在北京铁道部招待所。
　　由中纪委、监察部和最高人民检察院所组成的联合调查组成员正在调查原铁道部副部长张辛泰贪污受贿的情况。
　　这已是双方进行的第三次交锋,这次交锋已整整持续了三天两夜。
　　此时,张辛泰哭了,还哭得很伤心。
　　一个副部级干部,如此的伤心落泪,足以让不知情的局外人生出无尽的恻隐之心。
　　"当时,我爱人不要,我回北京知道此事后,又找不到人,所以东西没退回去。为此,我曾多次对我爱人和孩子进行了严厉批评……"张辛泰说得极为诚恳,他的神情与其说是痛悔还不如说从容不迫更准确。
　　在此之前,张辛泰已与他的爱人、秘书、司机和行贿者李某订立了攻守同盟。
　　李某,女,33岁,是解放军某部一煤矿的副矿长。
　　张辛泰要她们一口咬定1989年9月至11月间,当李某把价值28145元的7件家用电器和两箱"五粮液"送到他家时,他没在北京,而是代表铁道部去郑州铁路局查处案件、整顿领导班子了。

张辛泰之所以编造如此谎言，是为了对自己的问题避重就轻、推卸责任，从而使他的受贿罪名不能成立。

然而，联合调查组经过几个月严密细致的内查外调之后，早已掌握了张辛泰收受贿赂的全部证据。

不仅如此，联合调查组在清扫外围时，还获悉张辛泰攻守同盟的细节。

因此，面对张辛泰故作诚恳、痛恨的表演，调查组成员直感到恶心和愤怒。他们再次发起强有力的攻心战。

"张辛泰，我们现在不是向你调查问题，而是要你表态——对于你的问题。你是交代还是不交代？是现在交代还是以后交代？希望你就这个问题作出明确回答，其余的你都不必再说了！"

张辛泰微微颤抖了一下。

作为一名有着一定政治经验的高级干部，张辛泰知道这句话的分量。在经过无声的激烈较量之后，他终于败下阵来，精神防线彻底崩溃了。

他闭上眼睛，也许在作最后的挣扎，也许在作最后的选择。良久，他咬咬牙，用极沉重极沮丧的语调吐出3个字："我交代！"

至此，又一个贪官的嘴脸开始被暴露于光天化日之下。

1991年4月8日上午，张辛泰来到联合调查组驻地，彻底交代了自己的受贿事实，并主动交出了赃物：

一台夏普 EC–821 型吸尘器，价值 520 元；

一台松下 NR–217TRH 型 210 立升电冰箱，价值 3900 元；

一台索尼 KV–2182DC 型 21 英寸直角平面遥控彩电，价值 4675 元；

一台夏普 R–5880 型微波炉，价值 1750 元；

一台日立 CPT–215SF–DU 型 21 英寸直角平面遥控彩电，价值 4200 元；

一台夏普 VC–779E 型录像机，价值 5600 元；

一台松下 NK–C25H 型 250 立升电冰箱，价值 4300 元；

两箱"五粮液"共 40 瓶，价值 3200 元。

其后，张辛泰又经过 17 个日夜的思想斗争，于 1991 年 4 月 25 日来到最高人民检察院贪污贿赂厅投案自首，并声泪俱下地表示愿意认罪伏法……

翻开张辛泰的个人履历，人们将看到他曾经有过一段多么辉煌的历史。

1937 年 10 月，张辛泰出生在河北某县一个小小的村庄里。他的父亲是一名勇敢的八路军战士，为把中华民族从日寇的铁蹄下解放出来而浴血奋战。直到全国解放，12 岁的张辛泰和母亲一起被父亲接到军营。从此，张辛泰根植于这片鲜血浸染的沃土，在绿色的环境中茁壮成长。

1955年，18岁的张辛泰被保送到唐山某学院上大学。1959年9月，张辛泰完成了求学生涯，由于他品学兼优、政治可靠，被破格留校任教，不久，他被提升为工程基础教研室主任；并光荣地参加了南京长江大桥的设计工作。

1963年3月，为解决两地分居，张辛泰调到他爱人所在单位铁道部大桥局任技术员。1964年，他被派到四川大渡河桥工程任设计组组长。

两年后，即1966年，抗美援越战争正酣，由于美国出动B-52飞机大面积轰炸河内和海防，许多桥梁被炸毁。这年初，张辛泰作为桥梁专家被派往越南。在纷飞的战火中，他组织抢修了河内至科阜的许多桥梁，为抗美援越战争的胜利立下了汗马功劳。为此，越南的最高指挥部授予他一枚"抗美援越勋章"。

1970年7月至1972年底，张辛泰被派往非洲某国参加一项援外工程。由于技术精湛，工作认真，他得到了一致好评。载誉回国不久，即1973年，他被提升为铁道部大桥局副局长。

战火的洗礼，教学、科研和社会主义建设的全面实践，使张辛泰被誉为"根红苗壮技术精"的好干部。凭着这资历，1982年1月，他从铁道部大桥局副局长一跃而成为铁道部副部长。同年9月，他又被补选为十二大中央候补委员。这年，张辛泰仅45岁。

至此，张辛泰的政治生命跃上了一个光辉夺目的高度。

客观地说，张辛泰在当上副部长之后的相当长一段时间内，政绩是突出的，生活和工作上也能严格要求自己。在当时的铁道部领导班子里，他以"四最"居优，即年龄最轻、文化最高、业务最强、荣誉最多。每次出差，他都坚决不搞特殊化，严格按"四菜一汤"标准就餐，不喝酒。

张辛泰的蜕变发生在1987年。

他说："我看到，在改革开放中，党的政策鼓励一部分人先富裕起来，但在富裕起来的人当中，很多人不是靠勤劳致富，而是靠投机取巧、坑蒙拐骗发财。当时我想，我一个副部长，每月才200多块钱，我不去偷也不去抢，但今后能占到的便宜就一定要占！"

受了这样的占便宜思想的支配，可以想象，其结果必然是坠向深渊。

1987年7月，张辛泰参加铁道部工业总公司在石家庄某车辆厂召开的会议，会议期间，他以"父亲有病，天气很热"为由找到该厂厂长姜某，提出要借用一台空调机。

姜某素有投领导所好的习惯，现在听到副部长亲口说借，他巴结讨好都来不及呢。

会后，姜某立即派人从厂招待所拆卸了一台价值4020元的全新三菱牌窗式空调机，并派了两名电工携带电线等材料赴京，按张辛泰的要求，将该机安装在他父亲的家里。事后，张辛泰通过秘书向姜某转交一张限期为 1 至 2 年的借条。

1988 年 10 月底，张辛泰大病初愈，组织上安排他到上海铁路局太湖疗养院疗养。

疗养期间，他喝的是西洋参、生晒参、牛奶，吃的是甲鱼、螃蟹、珍珠粉，注射的是人血丙种球蛋白，他享用的这些高级补品，国家早有明文规定，须自费购买，而他却分文未花。

不仅如此，他还将个人购买的许多物品统统在疗养院实报实销了。据查，张辛泰在太湖疗养院期间，共占了国家便宜 2300 元。

1989 年 4 月 10 日，张辛泰的身体基本恢复，他以做"适应性工作"为由，在上海铁路局办公室接待科科长杨某的陪同下到达南京。

4 月 12 日，张辛泰又携带在南京某医学院学习的女儿，加上南京铁路分局领导和工作人员一行 11 人，浩浩荡荡地前往著名风景地黄山。据查，此次费用共计 2083 元，全部由南京铁路分局报销。

黄山之游，意犹未尽。1989 年 4 月 27 日，张辛泰又携带秘书、医生、护士、司机等 7 人，从上海乘车到达杭州。

杭州铁路分局将他们安排进该分局柏芦招待所。张辛泰独住一间，随行人员每二人住一间。这一夜，张辛泰总觉得缺少点什么，寂寞像夜色一样无边无际地笼罩着他……

两天之后，即4月29日，30多岁打扮入时的李女士应张辛泰之邀特地从北京飞到了杭州，她是来陪张辛泰的。

5月1日，他们由杭州抵达宁波游玩。5月3日，他们又一同到达普陀山，俨然夫妇般地同居一室。

5月7日，张辛泰亲自将李女士送到杭州机场。在引擎的轰鸣声中，这位神秘的女士旋风般离杭回京，圆满地完成了她此行的使命。

据查，张辛泰一行在杭州、宁波、普陀山观光游览，共挥霍公款6300余元。

一次又一次寻欢作乐，张辛泰越来越真切地感受到了权力的商品价值。

1989年8月15日，根据邓小平同志关于"搞一个临时大政策"的指示，最高人民法院、最高人民检察院联合发布了《关于贪污、受贿、投机倒把等犯罪分子必须在限期内自首坦白的通告》。

然而，就是在通告期间，即1989年9月至11月，张辛泰一面冠冕堂皇地代表铁道部在郑州铁路分局协助查处贪污贿赂案，一面顶风作案，先后3次秘密回到北京，接受李某的贿赂。

一天晚饭后，解放军某部司机王某到老乡李某家玩。李某对王某说："走，带你串个门去。"两人即来到张辛泰家。李某见多识广，又与张辛泰同住一个大院，是张辛泰家的常客，因此聊起天来无拘无束。

"部长，听说您从郑州回来了，我来看看您。"她又指一下旁边的司机，"这是小王，我的老乡。"

"坐吧，坐吧。"张辛泰以首长的口吻示意他俩坐下，然后双方一阵寒暄。

"部长，您这台4-26太旧了。"李某指着张辛泰家的录像机，将话锋转到实质性的问题上。

"这次我给您换个779吧（即夏普VC-779E型录像机）。"

"唉，小李，现在正是风头上，以后再说吧。"

"您放心，没问题，有发票！"李某神秘地眨了眨动人的眼睛。张辛泰心里踏实了许多，想，有发票就好办，万一出问题，发票就足以证明这东西是自己掏钱买的。

"小王，麻烦你跑一趟，把我家床下的那只纸箱提过来。"李某猜透了张辛泰的心理，即吩咐司机回家取货。

就这样，一台价值5600元的夏普VC-779E型录像机归到了张辛泰名下。此后，李某依法炮制，将一件又一件最新潮的现代家用电器送到了张辛泰家。

1989年9月至11月短短的3个月间，李某通过张辛泰的司机周某等人，共向张辛泰行贿家用电器7件，"五粮液"2箱，价值28145元。

李某如此地不惜血本，自然有不可告人的用意。

一天，李某跑来请张辛泰为她办理一列50个车皮的计划外运煤审批手续。货是山西太原发往湖北的，属不合理的运煤流向。但张辛泰竟特别照顾，把她的申请表交给运输局办了审批手续，又让秘书到北京铁路局加盖了公章，随后在自己家里把计划表交给了李某。

权利与金钱的交易就这样你来我往，最终发展到来者不拒、肆无忌惮的程度。

有道是："若要人不知，除非己莫为。"

1988年7月至1990年9月，一封封举报张辛泰以权谋私的信件雪片般地飞到中纪委、监察部等中央有关部门。中纪委等部门对群众来信非常重视，立即决定对群众举报的问题进行调查。

1990年8月25日，中共中央组织部在铁道部机关宣布了一项决定：经中组部几年考核，张辛泰在廉政方面存在问题，已不适宜继续任职。因此，中央决定免去张辛泰铁道部副部长的职务，免职后仍享受副部级待遇。

这个决定对张辛泰来说，其震撼力无疑是巨大的。然而，更大的震撼还在后面。

1990年5月，李某因涉嫌严重经济问题被收容审查，不久依法逮捕。在看守所里，她挤牙膏似的交代了一些经济犯罪问题："有几件家用电器放在了铁道部张副部长家里，他还没有给我钱。"

获悉这一重大线索，正在调查张辛泰问题的中纪委和监察部立即会同最高人民检察院组成联合调查组，对张辛泰的受贿问题正式立案调查。

李某的被捕使张辛泰惶惶不可终日，他凭借多年主管公安、监审、纪检工作的经验，串通妻子、孩子、司机、秘书等人搞攻守同盟，企图负隅顽抗。

他打电话到铁道部副部长办公室，说要找部长"谈问题"。

部长因工作忙，遂委托常务副部长找他谈。张辛泰说："1989年9月，我到郑州局整顿期间，李某送到我家3件家用电器，当时我妻子不要，我回到北京知道此事后又找不到人，因此东西没退回。最近感到此事要向组织说明。"

2月23日，张辛泰再次向常务副部长表示：李某送到家的3件家用电器听从组织处理，并协助组织搞清问题，越快越好。

张辛泰的这一招确实"高明"。第一，从时间上看，1989年9月至11月间，他确实到郑州局整顿班子去了，这说明李某送的家用电器不是他亲自接收的，因此，这件事他没有直接的责任。第二，从态度上看，他主动向组织说明了问题，并表示愿意协助组织尽快查清。

有了这两条，张辛泰的受贿问题似乎就不能成立了。为此，联合调查组进行了认真的分析研究，并开展了广泛的调查。

很快，来自郑州的调查结果表明：张辛泰在郑州铁路局整顿班子期间，共3次回京，待了一个多月。

这是一个重要细节，联合调查组决定从此入手，撕开这个口子!

铁道部招待所里,办案人员传讯李案的涉及者、张辛泰的司机周某和铁道部另一名司机陈某。这两人不仅拒不交代问题,反而像是受了莫大的冤枉,高声哭嚷,把头往暖气片上猛撞。

1991年4月3日14时,从北京市检察院内开出两辆警车,响着警笛直奔铁道部机关大院,周某和陈某被捕了。

这是调查组为推动办案而采取的又一个措施。为了给张辛泰更大的心理压力,调查组决定立即将周某和陈某被捕的消息通知他。

很快,张家的电话响了。铁道部机关车队队长在电话里告诉他:"您的司机周某和车队司机陈某刚才被检察院抓走了,说是有经济问题。以后您要用车就直接打电话找我好啦。"

这下,张辛泰方寸大乱。正当他惊魂未定时,家里的电话铃响了。

"张辛泰同志吗?我们是联合调查组,请你立即到部招待所来谈你的问题。"

这样便有了本文开头时的那一幕。

"我经不起改革开放的考验,经不起金钱物质的诱惑,我被李某的糖衣炮弹击中了!"张辛泰不无悔恨地说。

可为时已晚,根据联合调查组的调查结果,1991年

6月1日，国务院决定撤销张辛泰的副部级待遇，并移送司法机关进一步立案侦查。

应当指出，这些走上犯罪道路的人，曾为人民做过有益的工作，但是在改革开放的新形势下，在金钱的诱惑面前，他们没有经受住考验，把党和人民赋予的为人民服务的权力变成为个人谋取私利、大发横财的工具，一步步坠入犯罪的深渊。

我们的党员、干部，特别是担任各级领导职务的干部，都应当从中汲取沉痛的教训，珍惜党和人民的信任，珍惜个人的历史和荣誉，坚持一辈子为人民做好事，不做坏事，做一名既经得起枪林弹雨和艰难困苦的考验，也经得起灯红酒绿和金钱物质考验的先锋战士。

贪官落网引出共犯

1988年8月,徐中和被任命为河南省汝州市代市长。第二年4月,他正式任汝州市市长、市委副书记。

徐中和本人似乎对当市长的兴趣不大。有一回,他对手下的人说:"我到汝州当市长只是图个名,将来办事花钱还要靠梨园!"

梨园是河南省平顶山市一座大型地方煤矿的所在地。在这里,徐中和由一个15岁的矿工成为一个近万人的大型矿务局的局长,由一个牧羊童成长为一个中等城市的市长。

许多人都不曾想到,徐中和这位"优秀共产党员""五一劳动奖章"获得者、"河南省地方煤炭系统十佳矿长",会沦为人民的罪人。

1989年3月,有人控告徐中和动用公款供子女上学、营建私房以及大肆受贿等问题,举报信被中纪委、监察部和最高人民检察院批转下来。

不久,平顶山市委决定由市纪委、监察局组成联合调查组,对徐中和的上述问题进行查证。经过几个月的调查,只认定徐中和"有一定经济问题"。于是,一份语气平缓的"调查报告"呈递上去后,便无动静了。

徐中和见状,开始对举报他的人进行打击报复。他利用权力，将他认为有"举报嫌疑"的工会主席、纪委副书记和党办副主任要么"下放"到本局的一家小水泥厂，要么强令到矿井下采煤。梨园矿务局俨然是他徐中和的天下，他要怎么做就怎么做！

群众愤怒了，又张罗第二次举报。举报信又一次被中央领导批转下来，原河南省委书记侯宗宾指示全力查办。河南省委决定，由省纪委、监察厅、检察院再次组成联合调查组。

1990年7月6日，联合调查组正式进驻梨园矿务局，对徐中和进行调查。

当时，徐中和在梨园矿务局的势力很大。在他的周围，已经形成了牢靠的"家族势力"：

矿务局供销处处长是其大女婿，财务处长是其亲戚，劳资处长是他的妻侄女婿，儿子又是梨园派出所所长。何况，徐中和本人已是汝州市市长，大权在握。

徐中和开始有意识地与调查组较劲儿。他让人使用以下对策：给调查组吃好的，告他们"动用公款大吃大喝"；反之，给吃差的，"气走"他们；冬天不给调查组驻地供暖气，把他们"冻走"。

此外，徐中和对内加强"防范"，密切注意调查组人员的一举一动。

如此一来，许多知情人只好在电话里约见调查组人员，还要到远离矿区的山坡偏僻处去谈。

此时，调查组丝毫也没有因徐中和的暗中阻挠而灰心丧气,他们一直在积极寻找突破口。

1990年8月30日的一天,调查组忽然接到举报:1988年,徐中和向下属的一家业务单位要了1万多元钱,并私自吞没。

调查组认为这是一个十分重要的线索,他们立刻行动起来。经过周密调查,调查组得知这样一个事实:

1988年8月8日,徐中和在郑州市中州宾馆约见河南省煤矿供应总公司梨园分公司负责人周松峰。

徐中和对周松峰说:"给我弄一两万业务费,我急用。"

周松峰问:"你到底要多少?"

徐中和说:"弄一万吧!"

8月19日,周松峰在徐中和的办公室内,将1.5万现金交给徐中和。

河南省检察院经过慎重研究,认为立案的条件已经成熟,于是向河南省委作了汇报。

1990年11月25日,徐中和被停职检查。次日,检察机关依法对其立案侦查。

当检察人员一提出周松峰给的那1.5万元钱的问题时,徐中和竟一反常态,爽快地承认拿了,只是全部用于吃喝招待。但是,他又拿不出收据。显然,徐中和在说谎。

很快，徐中和又改口说，1989年年底，周松峰给了他一万元，不过他已全部交给财务处，那一万元钱现在还锁在财务处保险柜里。

办案人员立即赶到财务处，果然从保险柜里提取了里面的一万元现金。

但是，细心的办案人员仍然发现了破绽：10捆10元的钞票有3捆是用黄色牛皮纸捆扎，上面还盖有"汝州工行车龙江"的印章。

本来，周松峰送给徐中和的钱是在郑州市筹集的，怎么会出现汝州工商银行的印章？

经过调查，汝州工商银行工作人员车龙江是1990年7月1日上岗的，那3捆黄色牛皮纸捆扎的现金确实是他经手的。由此断定，这一万元现金肯定是1990年7月1日以后才放进保险柜的。

事实证明，徐中和在调查期间，还在四处活动串供，而且一些知情人也替他圆场。

办案人员依法传唤有关人员，向他们道出利害关系。许久，一位财务处的出纳脱口而出："我以前说的都是假话！"

接着，其他人员又交代，徐中和已串通矿务局副局长任宽宏、供销处处长刘国强，临时筹集一万元现金，让出纳存到保险柜里"备用"，并订立攻守同盟，妄图蒙混过关。

徐中和贪污1.5万元的犯罪事实已经依法认定。

此时，省纪委、平顶山市委同徐中和谈话，对其抗拒调查的行为给予严厉批评，希望他如实交代。但是，徐中和仍执迷不悟，拒不认罪。

1991年2月7日，平顶山市检察院检察委员会决定依法逮捕徐中和。

在逮捕徐中和的前一天，徐中和的女儿就打探到这个消息，她连忙策划徐中和出逃。最后，这一阴谋未能得逞。

徐中和被抓的消息惹恼了一些人，一些举报徐中和的人受到他们的打击报复。

大年初一，一个举报人的房门被人抹上大便，还插着两根哀杖；另一位住在平房的举报人家里，突然落下一块几百斤重的大石头，房顶都被砸透了。在平房的后面紧贴着一栋楼房，显然，再大的风也不可能吹落这块大石头。

1991年的春节，梨园处处洋溢着祥和、欢乐的气氛。徐中和的子女们却无心过节，他们费尽心机，四处为徐中和活动、串供。

徐中和被押在距平顶山50公里的舞钢市。探监看望的人络绎不绝，这里不乏一些党政要员。

让人疑惑的是，他们看望徐中和，竟打着某某机关"检查监舍工作"的名号。

案件侦查继续向纵深发展。很快，与徐中和"亲如父子，好如兄弟"的范干朝被检察机关列为严密注意的对象。

范干朝先后担任梨园矿务局的副局长、局长，直至任平顶山煤炭工业公司副总经理。他的升迁是徐中和一步步提拔或推荐的，有许多问题都牵涉到他。因此，他也时刻注意打探调查组审查徐中和的动向。

经过调查，调查组得知，范干朝在1988年先后挪用煤炭销售款11万余元，用于购买汽车，进行个人营利活动。

1991年4月19日，平顶山市检察院决定对范干朝立案侦查。4月27日，范干朝畏罪潜逃。

在范干朝司机的姐姐家的鸡窝里和其他地方，办案人员搜出了14万余元现金和300多克黄金饰品。

5月1日，范干朝在其弟的规劝下，投案自首。嗣后，与案件有重大干系的温州人朱德龙被拘传。他们一笔笔地供出徐中和受贿数十万元的事实。至此，徐中和贪污、受贿问题的轮廓已大体清楚。

接下来，检察机关集中兵力查赃追赃。

据徐中和的妻子交代，徐中和曾交给她一个铁盒及一个里面装有存折的塑料包。然后，她又把这些东西交给三女儿徐秀云，但是，徐秀云如今已不知去向。

5月下旬，办案人员找到徐秀云的男友徐某。他交代，徐秀云曾交给他一个铁盒，后来埋到家中的便池下面，因不放心，又悄悄地埋到他同学家的一个花池子里。

很快，花池子里的铁盒子被挖出来，铁盒里面是黄澄澄的金首饰和大小金砖，总重量为1100多克。

接着，在徐中和亲属的责任田里，办案人员又挖出用塑料布包好的大笔款项存折，第一笔为10多万元，第二笔则为40多万元。

经检察机关最后核查，徐中和的家产已达百万余元，此外，还有10多万元属于来源不明。如此丰厚的财产显然与其家庭正常收支严重不符！

"这些钱都是做生意挣来的。"徐中和作如此解释。他一口咬定家中的巨款是与范干朝等人合伙做生意所得，还有其子搞运输得到的运费。

但是，范干朝却向办案人员证实，徐中和从没有做过生意。

同时，检察机关亦抽出专人，对徐中和之子及范干朝的所谓"运输收入"进行彻底清查，证实徐中和的儿子挣来的运费收入均用于本人购车、存款等，根本不可能再给徐中和大笔款项。

在办案中，检察人员时时注意甄别和完善证据，不被徐中和任意摆布的假象所迷惑。

在搜查徐中和隐匿的存折时，徐中和极力否认有存款。可是当办案人员追问发现的存款如何"处理"时，徐中和急了，把脖子一梗道："那还是我的！"

作为国家二级企业的领导人以及后来的几十万人口的"父母官"，徐中和理应受到人们的尊敬和信赖，但是他以权谋私，走向了与人民为敌的堕落道路。

1988年8月，徐中和调任汝州市代市长，仍兼梨园矿务局局长。身为副局长的范干朝为了接任局长这一职位，他主动提出要为徐中和买一辆"奥迪"轿车。

为了筹措车款，范干朝费尽心机，他想起浙江钱江啤酒厂和安徽省铜陵钢铁厂都是梨园矿务局的用户，于是，他专程来到这两个厂，让两厂各出资10万元，并负责汇至梨局驻宁波煤炭经销处，两厂自然不敢怠慢，马上着手办理。

1989年年初，徐中和向范干朝提出要带老婆、孩子去南方"考察"一番，让范干朝该打招呼的打招呼。

范干朝立刻意识到徐中和在游山玩水之后，肯定要趁机捞一把，于是，他先派一人提前去南方安排，然后又通知家住温州市苍南县龙港镇的客户朱德龙尽快将20万元提成现金，再给徐中和弄一些"黄货"。

朱德龙接到通知后，即让其兄朱德义在宁波筹集10万元，又通知浙江诸暨市的沈某准备一点现金。朱德龙则从已筹得的10万元现金中，抽出1.9万元购买了8块金砖。

4月10日，徐中和携家眷一行8人，由范干朝陪同，分乘"公爵"和"桑塔纳"两辆轿车，开始了不寻常的"南方之行"。

4月21日，徐中和、范干朝一行人到达温州市苍南县龙港镇朱德龙家。

在朱家三楼，朱德龙将装有人民币8万元现金及8块金砖的密码箱拿出，让徐中和、范干朝两人过目。朱德龙在把密码箱的号码拨成徐中和家里的电话号码以后，把密码箱放进徐中和乘坐的"公爵"牌轿车后的工具箱内。

4月23日，徐中和、范干朝一行人由朱德龙陪同，到达诸暨市。午饭后，范干朝让朱德龙在该市的沈某处再弄些现金，并说以后从梨局发出的焦炭款中以亏吨形式"冲"掉这笔款。

朱德龙同意后，范干朝立刻兴冲冲地对徐中和表功，徐中和大言不惭地说："是汇票就不带，是现金就要！"

于是，沈某就把已准备好的4万元现金交给范干朝。

当天下午，徐中和、范干朝一行人又赶至钱江啤酒厂，果真，朱德义携带装有10万元现金的密码箱如约而来。朱德龙将箱子的密码同样换成徐中和家的电话号码，然后又提到徐中和的住室，再次由徐、范两人过目。

紧接着，朱德龙拿来的那个密码箱也被打开，在已装有8万元现金和金货的箱子里面，又装进4万元现金。此时，这个密码箱里已经装下12万元的现金和金货。

当天晚上，徐中和等人又到了杭州，一行人住进杭州大厦，朱德龙负责将两个密码箱提到徐中和、范干朝房间，还用一条铁链子绑在沙发腿上。

次日，徐中和、范干朝等人乐陶陶地游西湖，两位身穿警服的司机则被留在房间看守。

4月26日，徐中和、范干朝一行人回到汝州。徐中和亲自将装有现金及金货的两个密码箱提进自己的家。

"南方之行"让徐中和大大地捞了一把，但徐中和并不满足，他仍然在不停地攫取钱财。

1989年8月，平顶山已组成调查组，查处徐中和的经济犯罪问题。

徐中和处心积虑地谋划对策，逃避侦查，侦查与反侦查的斗争始终在进行。

徐中和一方面对举报人不择手段地打击报复，另一方面他仍然在顶风犯案，不惜铤而走险。

1988年10月，范干朝、朱德龙两人便合计，由朱在郑州买一辆北京"213"型吉普车，价格为21万余元，准备转手倒卖。

事后，范干朝害怕徐中和不满，就对徐中和说："我让朱德龙在郑州给你买了一台'213'车，留给你退休后用。"徐中和默许，让他的儿子将车开到一家消防队存放。

1990年3月，范干朝又提出将这台车按原价卖给梨园矿务局，徐中和表示同意。

不过，他又张开了"血口"："可不能让朱德龙将钱得了，不能便宜他！让他把钱拿来，不要直接交给我。"

不久，朱德龙来到梨园矿务局。

这回，范干朝又对朱德龙说："车按原价卖给矿上，矿上给你结算，抵上你的焦炭款。至于车款嘛，老徐要，你回去把车款拿成现金给我，我再给老徐。"

朱德龙有些不乐意，范干朝又给他打气说："我以后当了局长，给你多发炭，弥补你的损失。"朱德龙听罢这番话，脸上才转阴为晴，点头同意。

朱德龙回到温州后，即向他所在的瑞安联大公司负责人说，梨园发工资需要现金20万元。于是，该公司急忙筹措了17万元现金给朱德龙。

5月1日，朱德龙又一次来到梨园，把装有17万元现金的大蓝帆布旅行包送给范干朝。

第二天，范干朝驱车来到汝州市政府，他对徐中和说："钱已拿来了，放在车上，咋办？"

徐中和说："别在政府院里给，把车子开出去！"

一会儿，车子到了市政府西边一小桥处，范干朝把旅行包放到徐中和的轿车里，由徐中和的司机交给徐妻。

1990年11月中旬，即距徐中和被停职检查前10天，朱德龙带着凑出的5万元再次抵达梨园矿务局。

11月16日下午，徐中和接到范干朝的通知后，便来到朱德龙的住处。

朱德龙对徐中和说："原来局长让准备20万元，还有3万元没给。这次把款带来了！"

徐中和连忙问带了多少，他得知朱德龙这次带了4万多元以后，二话不说，当即把4万元现金拿走。这样，徐中和总共又公然索取了21万元贿赂款。

平顶山市组织调查组进驻梨园矿务局以后，范干朝在徐中和的授意下，对前来梨园矿务局的朱德龙说，赶快以宁波经销处的名义，分别给钱江啤酒厂和铜陵钢铁厂各打一暂借 10 万元的借据。

此举在于掩盖徐中和、范干朝"南方之行"的不法问题。不知怎的，两厂却未将此"借据"入账。

1990 年 11 月 25 日，徐中和被停职。正巧，两天后朱德龙又因故来到汝州。

徐中和闻讯后，顾不得自己已被立案侦查，他匆匆来到朱德龙的住处，问朱德龙给他的 21 万元能否在账目上显示。朱德龙回答说会计已下账，肯定能查出来。

徐中和便授意朱德龙赶快回去改账。如改不成，就把假收据冲掉。

当天 23 时，徐中和又一次匆匆忙忙地闯到朱德龙的房间。

他对朱德龙交代，焦炭款让"213"车给抵了，你就说自己从公司把款领了，不要说把钱给我了。

朱德龙不敢怠慢，他返回瑞安联大公司后，将几个头头叫到一起，商议为徐中和受贿款改账事宜。

结果，这些人将支给朱德龙的 21 万元改成又收朱德龙 21 万元。年底，调查组未去南方调查，又碍于税务局前来查账，联大公司只好把账改回原样。

徐中和受贿毕竟是事实，改账也救不了他，这是他的贪婪本性使然。

在搜查徐中和的家时，办案人员发现 300 多瓶酒和各式罐头竟埋在地下。

有人评价，徐中和虽然是"大官"，但小农意识极强，儿子结婚时，徐中和收下的猪大腿竟摆了一人多高！

徐中和作案并不是"一对一"，而是假他人之手，他自己从不写条子，范干朝即充当了"搭桥"的角色！

事实上，范干朝也是一个地地道道的"煤老虎"，他贪污受贿达65万元，行贿30多万元。

"我是够杀头的！"有一天，懊丧不已的范干朝忽然说出这么一句话。

徐中和、范干朝特大贪污受贿案的侦破，凝聚了众多办案人员的心血。其间，河南省省委和最高人民检察院也全力支持查处此案。不依靠口供，将案件办成"铁案"。

徐中和、范干朝虽然是县处级干部，牵扯面却广，涉及人多，因而办案困难重重。从1990年11月26日立案开始，历时两年五个月，先后有100多名检察官参战，五下江南，行程35万多公里。

经过两年多的努力，办案人员查清了徐中和的全部罪行。在短短的4年时间里，徐中和即贪污受贿达53万余元，并且有16万余元的财产不能说明合法来源，又构成巨额财产来源不明罪。

1991年6月，徐中和被羁押期间，竟串通监管人员张红生等人，策划逃跑。徐中和向张红生行贿3400元，让他提供交通工具，后未得逞。

1993年10月13日,平顶山市中级人民法院作出判决:

> 被告人徐中和犯受贿罪,判处死刑,剥夺政治权利终身;犯贪污罪,判处有期徒刑8年,数罪并罚决定执行死刑,剥夺政治权利终身,并判决对查获的赃款赃物及部分财产予以没收。
>
> 被告人范干朝犯贪污罪,判处死刑,缓期二年执行,剥夺政治权利终身;犯受贿罪,判处有期徒刑15年,剥夺政治权利5年;犯挪用公款罪,判处有期徒刑12年,剥夺政治权利3年,犯行贿罪,判处有期徒刑4年,数罪并罚决定执行死刑,缓期二年执行,剥夺政治权利终身,并判决对查获的赃款赃物及部分财产予以没收。

徐中和、范干朝均不服第一审判决。徐中和以认定的贪污、受贿数额不实为由提出上诉,要求从轻判处。范干朝以其行为是为徐中和要款,自己从中未得分文,构不成受贿罪,以及认定侵吞的承包费9万元,大部分送给了徐中和,定贪污9万元实属冤枉为理由提出上诉,要求从轻判处。

河南省高级人民法院审理认为:

原审判决认定徐中和受贿47.5万余元和贪污一万元的犯罪事实清楚，且有同案被告人供述以及众多证人证言和查获的赃款、赃物证实，证据确实、充分，其上诉理由不能成立。

范干朝积极为徐中和索贿和伙同他人填写假发票侵吞公款的事实清楚，证据确实、充分，其提出侵吞的承包费大部分送给徐中和，徐中和予以否认，经查亦不能证实。

范干朝指使他人为徐中和购买价值1.4万余元的红木桌椅的事实，由于1.4万余元是购买人所出，且购买人在购买当时就已知是为徐中和购买，应属范干朝与徐中和共同向购买人索贿的行为，与其所犯受贿罪一并论处，一审另行认定为行贿罪不妥，应予纠正，据此，河南省高级人民法院于1993年10月24日判决：

撤销原判对范干朝行贿罪的定罪量刑部分，维持原审对徐中和犯受贿罪、贪污罪和范干朝犯贪污罪、受贿罪、挪用公款罪的定罪量刑部分。

河南省高级人民法院核准了平顶山市中级人民法院判处被告人范干朝死刑，缓期两年执行，剥夺政治权利终身的刑事判决，并依照刑事诉讼法的规定，将维持一审判决徐中和死刑，剥夺政治权利终身的判决，报请最高人民法院核准。

最高人民法院依照刑事诉讼法规定的死刑复核程序，对该案进行了复核。最高人民法院认为：

原审认定被告人徐中和的犯罪事实清楚，证据确实、充分，定罪准确，量刑适当，审判程序合法。

经最高人民法院审判委员会决定，核准河南省高级人民法院维持原审判决：

以受贿罪判处徐中和死刑，剥夺政治权利终身；以贪污罪判处其有期徒刑8年，决定执行死刑，剥夺政治权利终身。

夫妻双双落入法网

1993年,反腐风暴在全国各地猛烈地刮起,鹰潭市也不例外。鹰潭市检察院的检察官们通过查处鹰潭市建设综合开发总公司总经理鲁样兴行贿、受贿、贪污一案,挖出了市城建局三名正副局长、市汽运公司经理等多起受贿要案,引起强烈反响。

魏时中作为分管政法工作的副市长,此时仍在大言不惭地作关于全市反腐败斗争的报告。刚开始的时候,魏时中以为这次反腐败斗争充其量是"雨过地皮湿",走走过场而已。然而,鹰潭市建设综合开发总公司总经理鲁样兴被捕以后,他很快预感到大事不妙,弄得不好,自己就可能戴上锃亮的手铐,成为阶下囚。

1993年10月16日,鹰潭市检察院的检察官们提审了鲁样兴。鲁样兴交代了他为了在鹰潭市老城区改造工程中得到魏时中的关照,先后送给魏时中及其家属侯水娥现金1万元、进口录像机1台、金项链1条。魏时中因此进入了公安干警的视线。

魏时中涉嫌受贿令检察官大吃一惊。鹰潭市检察院迅速向上级有关部门汇报。

江西省省委对此案极为重视,指示检察机关对此案查处既要坚决,又要慎重,并要求省纪委与省检察院联合行动。

江西省检察院立即进行研究部署，确定了这样的总体侦破方案：

先突破串供，开展外围调查，获取有关证据后，再正面接触魏时中。

当鹰潭市检察院获取魏时中受贿的重要线索后，却因某种原因走漏了风声，当晚魏时中就知道了详细情况。

魏时中在家中实行"坚壁清野"，但也不敢掉以轻心。他认为自己要做的第一件事情，就是把已暴露的鲁样兴送来的录像机等，赶快补付相应的现款，同时订立攻守同盟。于是，他授意妻子侯水娥要搞好串供。

10月19日上午，侯水娥按照魏时中的旨意，来到鹰潭市检察院。侯水娥按照事先串通好的口径，向检察官讲述了收受鲁样兴的钱物并已全部退还的假情况。

当天下午，魏时中利用到江西省委党校报到学习的机会，特意到江西省检察院阙贵善检察长家里，他又将事先编好的假情况复述了一遍。

其实，此时江西省和鹰潭市检察院的检察官们已密切监视着魏时中、侯水娥的一举一动。

江西省检察院在鹰潭市检察院的配合下，十分谨慎地按照侦破计划行动，沿着一点点蛛丝马迹顺藤摸瓜，终于掌握了魏时中、侯水娥在案发前进行的大量串供事实，获取了有关魏时中、侯水娥受贿的不少罪证。

随后，江西省检察院检察长对魏时中阐明"坦白从宽、抗拒从严"的法律政策规定，魏时中仍然执迷不悟。

接着，江西省纪委书记找魏时中谈话，魏时中一口咬定自己没问题。

魏时中自以为自己的问题掩饰得天衣无缝，他决心死硬到底。

1993年11月8日，江西省检察院正式对魏时中受贿案立案侦查。

江西省检察院制订审讯策略和计划后，在当天晚上，检察官与魏时中开始了第一次正式交锋。

此时的魏时中，已经失去了往日市长的威风，他那双充满血丝的眼睛明显浮肿，很显然，这几天他一直睡眠不足。面对检察官不停的提问，他极力使自己镇静，并小心谨慎地回答。

魏时中知道现在不交代难以过关，但他不知道检察院究竟掌握了多少证据，他几次想从检察官口中套出情况，都未能如愿。看来不交代一点问题是无法过关的。

魏时中经过反复权衡，终于开始交代：

1993年元旦的晚上，我正在房间整理东西，鲁样兴来我家说："魏市长，你要出国，这5000元钱给你路上用。"并把钱放在床头柜上。

1993年三四月的一天晚上，鲁样兴一个人来到我家里，和我谈了一件事后，临走前他把一包东西放在碗橱顶上。鲁样兴走后，我爱人取下包打开一看，是5000元钱。

魏时中交代了已暴露的收受鲁样兴钱物的问题。他供认收受鲁样兴一万元现金、录像机1台、金项链1条。然而，他仍然存在侥幸心理，他的交代也就仅此而已，其他问题概不涉及。

在审讯魏时中的同时，江西省检察院几名检察官组成的另一行动小组，则在外围侦查有关证据。他们在市检察院的配合下，对魏时中的住宅、办公室依法进行搜查，结果只找到3万元现金及存折。但办案人员断定魏时中受贿的金额应该远远不止这些。

案件的侦破工作陷入了僵局，大家集思广益，商讨对策。公安人员考虑到案发之初魏时中就得到了消息，而且做贼心虚，为了逃避打击，肯定要转移赃款，隐瞒证据。那么，他在自己不能脱身的情况下，就要找可靠的人去帮办，这人是谁呢？

大家经过讨论，一致认为亲戚的可能性最大。案件的突破口就选在这里。

专案组通过排查法，最后将焦点聚在侯水娥的侄子侯江清身上。侯江清是一名国家工商干部，在亲戚中，他深得魏时中、侯水娥的喜爱和信任，他平时经常出入魏家。于是，专案组建议检察院传讯侯江清。

这一建议得到省检察院领导的赞同。

11月9日，侯江清被传讯到省检察院。专案人员刚见到侯江清，就十分严肃地说："听着！你还有重大的问题没交代。"

侯江清听到这句话，顿时瞪大眼睛，他怔怔地望着办案人员。办案人员又紧逼一句："你要如实交代为你姑父、姑姑转移赃款的问题。"

侯江清顿时变了脸色，很快，豆大的汗珠沁满他的额头，侯江清知道事情再也瞒不住了，他只好如实交代："我是为我姑姑转移过钱。其中一张存折10万元，另外两张多少钱，我没细看……"

11月10日晚上，预审室里的气氛十分严肃。检察官开始审问魏时中。

检察官起初用眼睛注视着魏时中，一句话也不说。过了一会儿，他突然开口问魏时中："你叫侯江清转移赃款是怎么回事？"

检察官的这一句话，犹如晴天霹雳，在一瞬间就把魏时中精心构筑的防护墙击垮了。

"完了！完了！"魏时中喃喃地重复着。他怎么也弄不明白，本来一切都处理得天衣无缝，到底在什么地方出了毛病？

检察官见审讯效果不错，马上进行法律政策攻心，及时给魏时中指明他唯一的选择就是"坦白从宽，抗拒从严"。

魏时中无奈之下，交代了除收受鲁样兴的贿赂外，还收受其弟魏时良、临川黄金龙、福建苏福金等人的贿赂，但具体数额不清楚，是侯水娥经手的。

魏时中的这些交代，让案情取得了重大的进展。

接着，检察官们又将视线转移到魏时中的妻子侯水娥身上。侯水娥原来有工作，现在已办病退在家操持家务，她是魏家的总管。

1993年11月11日，魏时中的妻子侯水娥被带到南昌。她面对陌生的环境，心情格外紧张。询问中，检察官的问话也似乎与以往不同，每句话的后面都隐含着一个个尖锐的问题，容不得她不回答。

在审讯中，检察官拿出魏时中的交代笔录，适当地让侯水娥看一点关键的地方。

侯水娥看着有魏时中签字的笔录，才感到大势已去。她只好流着眼泪开始供述：

> 今天我全部交代……
>
> 浙江诸暨八建送了5万元，临川的黄金龙送了4万元，福建苏福金送了5万元……

1991年夏天，江西省临川县某公司经理黄金龙，到鹰潭承接建筑工程，因手续不全，被鹰潭城建部门罚款。黄金龙便到处托关系求情，找到了侯水娥，送给侯水娥6000元现金，请她帮忙通融。

1992年年初,莲花路市场工程正式兴建,精明的黄金龙找到侯水娥,要求帮忙。侯水娥"枕旁风"一吹,魏时中当即同意黄金龙去城建部门办理跨地市作业的注册手续。而侯水娥则狮子大开口,毫不客气地向黄提出要3%的回扣。

1993年四五月间,黄金龙3次送给侯水娥现金33.8万元。

之后,经魏时中同意,黄金龙拿到造价为140余万元的建筑工程。

在此期间,鹰潭市计生委干部夏接太找到魏时中夫妇,请他俩帮其弟、叔揽一些工程。经魏时中推荐,夏接太的弟弟、叔叔十分顺利地承建了一幢造价为26万余元的住宅楼。

工程刚开工,侯水娥出现了。她提出要夏接太帮她哥哥推销一批木料,并不断催促夏接太付款、拉料。夏接太无奈,经与其弟、叔商议,凑钱给了侯水娥1.1万元。侯水娥收钱后再也不提木料的事。

后来,夏接太的弟弟、叔叔在魏时中的"关照"下,又承建了一幢住宅楼。

侯水娥看准火候,又找到夏接太,要夏接太帮她处理家里的旧音响和彩电。夏接太明白这又是要钱,他立刻凑齐1万元现金,交给侯水娥。

…………

检察官们根据侯水娥的交代,在其亲戚家搜出债券2

万元、银行存款 43 万元，加上搜查出的现金 3 万元，共 48 万元。这些财产，显然远远超出了魏时中夫妇的正常收入。

这起众人关注的江西省新中国成立以来最高级别的受贿要案，经江西省检察院侦查终结后，移送到鹰潭市检察院审查起诉。

1994 年 4 月 1 日，鹰潭市检察院起诉至鹰潭市中级人民法院。起诉书认定：

> 魏时中、侯水娥共同受贿多次，构成受贿罪，数额达 16 万余元。

此外，检察机关还认定魏时中夫妻有非法所得 10 余万元。

魏时中在担任江西省鹰潭市副市长以后，在商品大潮的冲击下，他没能经受住金钱的腐蚀，逐渐走上了以权谋私的犯罪道路。

作为分管城市建设的副市长，魏时中掌握着全市工程建设的大权，众多有求于他的人趋之若鹜，门庭若市成了他家的真实写照。他利用职权和妻子侯水娥一起，多次收受别人送来的贵重物品。

魏时中原来很廉洁，为躲避他人送礼，他甚至逢年过节带着全家躲在亲戚家中。他认为这样做既"不失礼"，又不伤送礼者的面子。侯水娥却对丈夫的拒贿行为非常不满,她"教育"他说:"你怕什么,别人都这样搞,有事我来担,与你没关系。"

在侯水娥的一再煽动下,魏时中走上了贪污受贿的不归之路。他和侯水娥夫唱妇随,两人共同犯罪。"前门"虚设,"后门"洞开。案发后,魏时中被判刑15年,侯水娥被判4年。

一些领导干部之所以走上犯罪道路,除了其自身的原因外,与其夫人的贪婪也有一定的内在联系。

有关部门收集了那些年上千例腐败犯罪案例,经统计分析发现,在大多数男性贪官的背后,总有一个或几个女人。她们有的是妻子名分的"贪内助",有的是情人名分的"同谋"。这些贪婪的女人和贪官共同演出了"前台唱戏后台收钱"的家庭共同腐败剧。

腐败"家庭化"的核心是领导干部本人。

昔日处长成为阶下囚

1994年9月的一天，一辆囚车从广州市的广东省看守所开出，沿广深高速公路朝深圳开去。车进南头关以后，司机把车驶上了南头立交桥。囚车里的犯人望着眼前越走越宽的大路，脸上露出痛苦的表情。

这个犯人就是被押回深圳接受审判的原深圳市计划局财贸处处长王建业。

1992年6月25日、7月2日，深圳市检察院分别对被告人史燕青、王建业立案侦查。

史燕青是原深圳市招商局蛇口工业区石油化工公司综合业务部副经理。

1994年6月29日侦查终结，深圳市检察院向深圳市中级人民法院提起公诉，起诉书认定上诉被告人犯罪事实如下：

1992年1月至8月间，深圳市地方建筑材料公司业务部负责人黄汉波经深圳市计划局财贸处审批了6000吨进口钢材指标。为对王建业表示感谢，黄汉波于1992年8月13日令业务员陈秋镇以"王建业"的名字在建设银行深圳国贸办事处开设储蓄账户，两次共存入人民币40万元，并将存折送给王建业。

1992年12月2日，王建业经手给深圳市地方建筑材料公司200万美元外汇额度，并向黄汉波索要40万美元。不久，黄汉波以货款的名义将40万美元转入王建业、史燕青在香港华侨商业银行良景分行开设的私人账户上。

1992年6月至1993年3月，王建业为深圳市莱英达轻工公司审批一批钢材、钢坯、胶合板、油料等进口物资指标后，向该公司属下的南北工业联合公司经理刘金东索要人民币312.7万余元。刘金东分两次将人民币如数汇入王建业指定的银行账号上。

1993年4月，王建业利用职权审批给深圳市地方建筑材料公司120万美元外汇额度中，要黄汉波汇50万美元到王建业指定的香港私人账户上。不久，黄汉波将50万美元汇入王建业在香港恒生银行油麻地分行开设的私人账户上。

1993年6月，王建业为深圳市五天地建材公司审批150万美元外汇额度时，向该公司经理郑小海索要60万美元。郑小海很快将58.8万美元汇入王建业指定的香港华侨商业银行良景分行王建业的私人账户。

1993年5月，蛇口工业区石油化工公司急需外汇，史燕青、王建业商议后，由史燕青以"朋友从外单位拿来300万美元外汇额度，其中150万美元已牌价供公司使用，另外150万美元要以当时深圳市场调剂价购买，差价要付给其朋友"为由骗取公司同意，并向深圳市政府提出申请外汇报告，该报告由王建业经手批了300万美元外汇额度给石化公司。史燕青让其公司将约定的中间差价及手续费共计人民币452万元汇到其弟史武工作的深圳市福田城市信用社，并指使史武全部提取现金，先将其中大部分款项转存到刘金东账户，又将人民币150万元通过黄汉波、郑小海买成美元，汇进被告人王建业在香港华侨商业银行的私人账户，被王建业、史燕青据为己有。

王建业利用职权收受他人贿赂美元、人民币共计949万余元。王建业、史燕青共同贪污人民币150万元；史燕青倒卖钢材指标和美元外汇额度，从中牟利人民币201.5万余元。破案后，检察机关追回人民币1000万元，冻结人民币168万余元，扣押银行存款人民币73万余元。

押送王建业的囚车在一个挂有"深圳市看守所"牌子的大铁门前停住，看守所已事先得到通知，做好了充分的准备，正在等待着一个要犯的到来。

囚车的车门打开了，王建业从车上走下来，他戴着手铐，面色蜡黄，神情十分沮丧。

在王建业被捕的前一年，王建业曾来过深圳市看守所。那时，他是作为贵宾到这儿来"视察"的。

当时看守所要更新囚车，其购车指标必须要由计划局审批，具体由王建业负责。报告送上去以后，掌握着审批大权的王建业突然对看守所有了兴趣，亲自来到看守所"视察"。

"视察"了看守所后不久，王建业批准了看守所更新囚车的报告。

当时，王建业没有想到，有一天，他会以囚犯的身份来到深圳市看守所。

1994年10月6日，深圳市人民检察院对王建业和史燕青以受贿、贪污、投机倒把、重婚、偷越国境等罪，正式向深圳市中级人民法院提起公诉。

深圳市中级人民法院于10月31日正式受理，并依照《中华人民共和国刑事诉讼法》第一审程序组成合议庭。

法庭通知王建业、史燕青及其家属，依照《刑事诉讼法》，作为被告，他们有权委托律师担任自己的辩护人。

王建业的妻子给王建业找了两个辩护人。史燕青的弟弟也给史燕青找了辩护律师。

1995年1月5日，深圳市中级人民法院开庭公开审理王建业、史燕青案。

旁听席上坐满了各传媒记者。王建业的妻子和史燕青的弟弟都到庭旁听。

经过审理，法院作出判决：

> 判处王建业死刑，缓期二年执行，剥夺政治权利终身。
>
> 判处史燕青死刑，缓期二年执行，剥夺政治权利终身。

铁窗内忏悔启示录

　　中央发出反腐号召以后，许多地方都揪出不少贪官。为了警示世人，全国许多地方都举办了反腐倡廉警示教育展。这些反腐展览吸引了大量的观众，收到了良好的警示效果。

　　这些展览披露了触目惊心的反腐倡廉警示教育案例。这些典型案例，用真切的事实告诉每一位参观者，贪欲是如何吞噬锦绣的前程、美满的家庭和幸福的生活，具有很强的时效性和震撼力，发人深省，令人深思。

　　这些落网的贪官曾经是优秀的领导干部或专业人才，他们曾经拥有美好的"现在"和"未来"，但是这一切都在贪欲的支配下转瞬间消逝得无影无踪。此时，身穿囚服的他们脸上都写满了羞愧。

　　一些贪官在反腐行动中落入法网以后，都对自己以前的贪污受贿行为深感后悔。

　　在监狱里，囚犯们倾诉着他们内心的感受和无尽的悔恨。

　　一个贪官痛心疾首地说：

　　　　人玩钱，钱玩人，最后就被钱玩掉了。

一个贪官则十分悔恨地说:

谁不接受监督,肯定是完蛋。

还有一个贪官则深有感触地说:

我进了监狱才明白,鱼翅和面条只是口感不一样……

一个贪官这样描述他入狱以后的生活:

走路要溜墙边,被子要叠得方方正正,进门要喊报告,吃饭、洗漱要排队……

这些贪官的声声忏悔震撼着每一个参观者的内心。参观者深切地感悟到,一切腐败分子必将为自己的行为付出沉重的代价。

莫伸手,伸手必被捉。

人们在痛恨腐败分子种种罪行的同时,也为这些原本优秀的领导干部的堕落而感到惋惜和痛心。许多人都说:

想不到贪官入狱后这样凄凉、猥琐……

通过参观，许多领导干部都深刻地感受到，扭曲的灵魂是真正的堕落之源。作为领导者，必须筑牢拒腐防变的思想道德防线，始终坚持自重、自省、自警、自励，必须讲党性、重品行、做表率、廉洁奉公、勤政为民，为了党和人民的利益作奉献，不滥用手中的权力，不愧对组织的重托。

反腐展览的另一个主题是展示贪官给国家、给社会、给自己的家庭带来的伤害。

北京市东城区武装部原出纳张某本来在武警部队服役，因贪污、挪用公款罪被判处有期徒刑20年。具有戏剧性的是，他被抓后羁押的场所，就是他曾经执勤的地方。

张某的姥爷因精神压力过大引发疾病离开人世，临终前一直呼唤着他的小名。张某为此深感悔恨，他曾表示自己"当时万念俱灰，真想一死了之"。

沈某因受贿罪入狱时，女儿才4岁。她一直瞒着女儿自己已经成为一名罪犯的事实，瞒了7年，她才和女儿见了一面。11岁的女儿见到她时，只是怯生生地问了句好，就躲到一旁。女儿的陌生让沈某再一次感到法律对于犯罪的无情。从此，沈某将女儿的每一封信都粘在杂志上，经常拿出来看一看。

原北京市大兴区国土资源局局长傅某母亲病逝，他

在狱中无法尽孝，后来有机会回家，出了监狱大门，他直奔母亲的墓地，在墓前长跪不起。

一位领导干部看完展览以后，思想上受到很大的触动，他十分诚恳地说：

> 谁都有父母亲人，我的母亲也70多岁了，要是出了这种事，家里天都会塌下来，没有人经受得住这样的打击。

一位领导干部在参观完展览以后，深有感触地说：

> 我相信不只我一个人有这样的感触，在这个位置上，谁都明白权力很重要。但为了贪图权力和金钱，伤害自己的家人，肯定会后悔。这不仅仅是自己失去自由的问题……

本书主要参考资料

《共和国反腐败风暴》 于敏主编 团结出版社

《铁血警魂》 周力军著 中国文联出版公司

《法网恢恢：共和国历次严打搜捕纪实》 曹子阳主编 中华工商联合出版社

《高墙内反腐败纪实》 白泉民主编 中国检察出版社

《怎一个悔字了得：贪官忏悔的反思与解读》 徐苏林主编 中国人事出版社

《反腐倡廉教育十二讲》 张剑主编 中共中央党校出版社

《反腐倡廉实践与探索》 岳崇编著 西北大学出版社

《反贪局专案：特大要案纪实写真》 杨晓升主编 中国检察出版社